우 리 들 의 포 토 에 세 이 집

아름다운
동행

아삶북클럽

대구, 협성중학교의 아름다운 삶을 꿈꾸는 책동아리로 '대구사랑' 책쓰기를 통해 애향
심을 길러 진정한 대구인으로 거듭나기를 소망하며, 카메라 앵글 속에 나와 타인의 삶
의 모습을 담으며 꿈과 희망을 배운다.

3학년   김민규   박세현   배상윤   이동욱

2학년   문한국   서원기   정재우

교 사   주영애

우리들의 포토 에세이집

아름다운 동행

초판 1쇄 인쇄_ 2010년 5월 25일 | **초판 1쇄 발행_** 2010년 5월 30일
지은이_ 주영애 · 아삶북클럽 | **펴낸이_** 진성옥 · 오광수 | **펴낸곳** 꿈과희망
디자인 · 편집_ 김창숙, 박희진 | **마케팅_** 김진용
주소_ 서울특별시 용산구 원효로 1가 112-4 디아뜨센트럴 217
전화_ 02)2681-2832 | **팩스_** 02)943-0935 | **출판등록_** 제1-3077호
http://www.dreamnhope.com| e-mail_ jinsungok@empal.com
ISBN_ 978-89-90790-23-1   43810 | **값** 10,000원

우 리 들 의 포 토 에 세 이 집

아름다운 동행

주영애 · 아삶북 클럽 지음

꿈과 희망

차례

길 · 쉼 그리고 사람

사진에 담는다.
글에 담는다.

말을 버리고
생각을 버리고

보이는 것을 담는다.
최소한의 것을 담는다.

대구에서 태어나서 줄곧 여기서 생활하는 대구 아이들이 대구를 모른다. 아름다운 대구를 가슴으로, 발로, 그들에게 느끼게 해 주고 싶은 소망이 포토에세이를 쓰게 된 첫 번째 이유였다. 글만으로 책을 쓴다는 것이 남자 중학생들에게는 아무래도 글의 양적인 문제에서부터 무리일 거라는 이유가 두 번째였다.

주제를 '아름다운 삶의 공간 대구'로 설정하면 구체적인 그림과 재미난 이야깃거리가 나오리라 믿었다. 조각난 그림을 짜 맞추듯 어린 시절 추억과 감동적인 삶의 부분을 찾아내기는 어렵지 않으리라 믿었다. 그러나 예상 밖의 힘듦. 한 가지도 제대로 하기 어려운 상황에서 사진과 글, 두 가지를 병행하여 책을 써야 한다는 난관에 부딪힌다.

경험이 짧은 아이들의 에세이는 늘 주제가 한정되었다. 나의 처음 생각에서는 벗어났지만 소박하고도 감동적인 살아 있는 이야기들로 한 권의 책을 엮는다.

2009년 봄부터 지금까지 머리를 누르던 '아삶북클럽의 책쓰기 프로젝트' 드디어 날개를 단다. 없는 시간 쪼개어 가면서도 어려운 동아리 활동에 늘 긍정적으로 생각하며 웃으면서 함께 동행한 동아리 회원들에게 박수를 보낸다. 또한 책쓰기 동아리에 지대한 관심과 애정으로 격려해 주신 우리 협성 중학교 이승준 교장선생님, 조원제 교감선생님께도 이 공간을 빌려 심심한 감사의 인사를 드리고 싶다.

아름다운 삶을 꿈꾸는 책동아리 『아삶북클럽』의 비상이 대구인의 삶과 혼이 깃든 흥과 멋을 모든 청소년들에게 전하기를 소망한다.

2009년 11월
교무실에서 주영애

두 바퀴로 보는 세상

문한국

문한국은?

협성중학교 2학년

농구만큼 좋아하는 것이 글쓰기다. 작가가 되고 싶은 막연한 꿈도 꾼다. 하고 싶은 이야기를 다 글로 담고 싶은데 쉬운 일은 아니다. 그러나 난 글을 쓰며 작가로 성장할 것이다. 책쓰기를 통해 평소에 하고 싶은 일 하나를 얻었다. 바로 두 바퀴로 신천을 정복하는 것이었다.

1. 출발

신천! 내가 신천을 처음 보았던 기억은 어린이 대공원을 갈 때였다. 어머니의 차를 타고 어린이 대공원에 가는 길이면 항상 그곳을 지나오곤 하였다. 그런 나의 기억 속 신천은 하나의 낭만이었다. 신천을 따라서 난 산책로. 그리고 그 위를 즐겁게 걸어가는 사람들. 그리고 그 길을 따라 달리는 자전거들. 그런 모든 것들이 나의 머릿속 깊은 곳에서 나를 간질였다. 그리고 나는 그 간지럼을 참지 못하고 가려운 곳을 긁었다. 신천을 가보기로 한 것이다.

아침 7시. 나는 일어나 신천을 갈 준비를 한다. 그다지 이르다고는 할수 없는 시간이지만 나에겐 꽤나 이른 시간이다. 준비는 많이 필요 없다. 몸과 자전거, 그리고 비상금. 나는 자전거가 타기 위해 1층으로 내려간다.

자전거를 타고 아침의 상쾌한 공기를 들이마신다. 나의 옛 추억을 향한 여행이 시작되는 것이다.

아침은 언제나 상쾌하다. 오늘도 그렇다. 나는 더위를 많이 타고 추위를 별로 안 타는 체질이라 시원한 바람이 더욱더 나를 기분 좋게 만든다. 나는 상쾌함을 온몸으로 느끼며 내리막길을 달린다.

일요일 아침이라 차도 별로 없다.

이런 날 자전거를 타고 질주해 주는 것은 기본 예의다. 5분 정도 달리니 저쪽 멀리 신천이 보이기 시작한다. 나는 들뜬 마음으로 더욱더 박차를 가해 달렸다.

그리고 도착한 신천. 신천은 옛날과 많이 달라졌다. 가장 큰 변화라면 산책로의 변화인 것 같다.

옛날과는 비교가 안 될 정도로 시설이 좋아졌다. 자전거를 위해 아스팔트도 깔려 있고 운동 기구도 많아졌다. 그리고 한쪽 편에는 일부러 그런 것인지 아니면 개발이 덜 된 것인지 모르겠지만 흙길이 나 있다. 그리고 두 길 사이에는 풀이 쭉 깔려 있다. 나중에 그냥 와서 걸을 생각이라면 흙길도 좋을 법 싶다.

아침이라서 그런지 희미하게 안개도 살짝 끼인 것 같다. 원래 이런 날씨가 좋은 법. 내 기분은 지금 최고조이다. 이제 슬슬 시동을 걸어볼까? 이제 나는 신천을 달리며 나의 추억을 되새기고 또 다시 새로운 추억을 만들 것이다. 목표는 신천의 끝. 어떤 일이 있더라고 오늘 기필코 신천의 끝을 보고 말리라는 다짐을 하며 출발!

2. 신천 중 · 상류

　신천을 달리며 주변을 둘러보니 역시 하천이라 그런지 신천의 흐르는 물이 제일 먼저 눈에 띈다.
　신천은 과거에는 수질이 안 좋았던 것 같았는데 이제는 깨끗한 물이 되었다. 난 또 다른 변화를 느끼며 달렸다. 혼자서 이렇게 자전거를 타고 달리는 것이 얼마나 기분 좋은 것인지 모르는 사람들이 많을 것이다. 자전거를 타면 주변으로부터 자유로워진 느낌이다. 게다가 신천은 길이 잘되어 있어서 이런 자유가 더 커진다. 자전거를 타고 가면서 주변을 보면 이제 사람들이 꽤 늘어났다. 혼자서 조깅하는 사람. 부부끼리 아침에 산책을 나온 사람들.
　자전거를 타고서 가는 사람. 뒤로 걸어가는 사람(?)들 이런 사람들이 모두 신천에 모여 있다. 그리고 그런 사람들이 웃는 것을 보면 나도 절로 웃음이 나온다. 그렇게 나는 자연스레 웃음을 띠고 자전거를 타고 달린다. '신천은 오르막 내리막이 심하지 않기 때문에 힘들 건 별로 없을 것 같다.' 라는 생각은 얼마 지나지 않아 깨졌다. 힘이 많이 드는 것은 아니지만 꽤나 지구력을 필요로 하였기 때문이다.

하지만 지친 몸을 달래주는 귀여운 친구들도 있다. 물 위를 동동 떠다니는 귀여운 친구들. 바로 오리들! 오리들은 한가하게 물 위를 떠다니고 있다. 걱정 없이 그저 물 위를 떠다니며 가끔 물에서 먹이를 먹는 모습은 나의 얼굴에서 미소를 자아낸다. 통통하게 살이 쪄 있는 오리들을 보자니 하나 키우고 싶다는 생각도 든다. 저렇게 한가히 떠다니는 모습을 보면 왠지 우리가 너무 각박하게 살아가는 것이 아닌가 하는 생각이 문득 든다. 우리가 과연 살면서 여유를 느끼고 있는가. 우리가 오리만큼은 행복한 것일까? 왠지 우리의 삶을 한 번 돌아보게 하는 녀석들이다. 이런 오리들을 보면서 내가 여기에 오길 잘했다는 생각이 든다. 일탈이라고 하지 않는가? 일상탈출. 사람들은 똑같은 일상 속에서 점점 자기 자신을 잃어가는 것 같다. 나도 그랬고 이렇게 일상을 떠나 신천으로 오니 기분이 좋아진다. 일상에서 하지 못했던 사진 촬영, 자전거 여행. 이런 모든 것들을 즐길 수 있다는 것이 나는 마냥 행복하다. 아름다운 경치를 보며 행복해 하고 웃을 수 있다는 것. 하지만 나는 가야할 길이 멀기 때문에, 이런 감상은 뒤편으로 넘겨버리고 다시 앞을 향해 달려 나간다. 앞으로 펼쳐진 더 넓은 세상을 보기 위해서……

　그렇게 오리를 처음 본 곳에서 3분 정도 나아가니 테니스장이 있다.
이제는 해가 꽤 높이 떠서 햇빛이 따사롭기 시작한다. 그런 따사로운
햇빛을 받으며 사람들은 테니스를 치고 있다. 공을 주고 받으며 서로
웃는 모습. 그리고 서로 땀을 흘리는 그런 모습은 굉장히 행복해 보였
다. 신천을 다니며 실로 강하게 느낀 것이 있다. 그것은 '웃음의 마력'
이다. 웃음은 전염병 같아서 한 사람이 웃으면 주변 사람들도 모두 같
이 웃게 된다고. 난 그 말을 믿는다. 내가 신천에서 본 사람들은 모두 웃
고 있었고 그런 사람들을 볼 때마다 나도 절로 웃음이 나왔다. 그렇게
사람들은 웃으며 행복한 세상을 만들어 가는 것이다. 일상에서 나는 얼
마나 자주 웃는가. '웃는 얼굴에 침 못 뱉는다' 라는 말이 있듯이 웃는
사람을 미워하는 사람은 없다. 물론 비웃음이라든지 조소를 띠는 것은
좋지 않지만 진정한 웃음은 주변 모두를 행복하게 하는 것 같다. 웃음
이 가득 찬 세상은 결코 불행한 세상이 아니다. 웃음은 돈이 많다고 생
기는 것이 아니다. 명예가 있다고 생기는 것도 아니다. 웃음은 나의 마
음속에서 온다. 내가 행복하다고 느낄 때 얼굴을 통해 웃음으로 그 행
복을 표현한다.

나도 자전거를 타면서 웃음을 잃지 않고 있다. 왜냐하면 난 행복하니까. 그리고 행복한 사람들을 보고 있으니까. 이렇게 바람을 느끼고 햇빛을 받으며 물소리를 듣고 사람들을 보는데 행복하지 않을 수가 없다. 어떤 두 부부는 함께 신천으로 나와 행복하게 걸어가고 있다. 꽃이 난 길 사이로 걸어가는 모습. 그 어찌나 아름다운가. 그곳에서 조금 더 앞으로 나가니 또 부부로 보이는 분들이 자전거를 옆에 대어 놓고 앉아서 쉬고 계셨다. 나는 그 모습 또한 아름다워 보였다. 부부가 나란히 신천에 자전거를 타고 와서 쉰다. 나도 나중에 결혼하면 그렇게 해보고 싶다.

신천은 이렇듯 행복과 사랑이 넘친다. 나는 이런 행복에 취해 길을 또다시 재촉한다. 이보다 더 행복할 수 있을까. 나는 신천의 아름다움을 새삼 느끼며 계속 달린다.

　앞으로 조금 더 가니 눈에 띄는 돌이 하나 있다. 커다랗고 위에 무슨 조각이 하나 있어서 가보니 글자가 새겨져 있다. 알고 보니 시를 써놓은 것인데 시의 제목이 '수달의 꿈'이었다. 그러고 보니 신천 상류에는 수달이 산다는 말도 들은 것 같다. 내용은 수달이 살아갈 수 있는 환경이 점점 파괴되어 가고 있다는 것이다. 나도 요즘 심각하게 느끼고 있고 다른 사람들 모두 다 걱정하고 있는 문제가 바로 환경오염이다. 환경오염은 오염에서 끝나지 않고 여러 가지 여파를 남기기 때문에 무서운데 대표적인 예로 생태계 파괴가 있다. 수달도 생태계가 파괴되면서 보금자리를 잃은 것이다. 이것은 우리가 심각하게 생각해 보아야 한다. 우리가 무심코 버리는 쓰레기 하나하나가 동물들을 죽이고 자연을 파괴한다. 바로 이 시에 나오는 수달처럼 말이다. 우리가 이런 식으로 자연 파괴를 쉽게 생각하면 결국 우리에게 돌아오는 것은 죽음 밖에 없지 않을까? 입술이 없으면 잇몸이 시리다고 하지 않는가. 우리가 살아갈 수 있는 기본적인 요소는 모두 자연환경에서 비롯된 것이다. 우리가 자연을 보호하지 않는다면 우리도 이 시의 수달이 되고 말 것이다.

　이렇게 많은 것을 느낄 수 있는 시(詩)를 지나 앞으로 가면 내 눈을 확실히 잡아끄는 구경거리가 있다.

　바로 분수였다. 그렇게 휘황찬란하거나 화려하지는 않지만 따스한 햇빛이 내리쬐는 수면 위로 힘차게 솟아오르는 물줄기를 보면 내 마음도 시원해지고 기분도 좋아진다. 그리고 나름대로의 수수하고 심플한 멋있어 보기에도 좋다. 나는 지친 몸을 쉬어가며 그 분수를 본다. 피로가 한층 덜어지는 느낌이다.

3. 신천 중·하류

　나는 앞으로 더 나아가기로 하고 다시 자전거에 올랐다. 조금 더 가면 칠성시장이 나온다. 처음엔 몰랐지만 자세히 보니 칠성시장이라고 써져 있다. 내가 있는 곳은 칠성시장 후문이라고 한다. 그래서인지 사람들보다는 물건이 더 많이 보인다. 생선이라든지 사과 같은 식품들이 주를 이루고 그 외에 잡다한 것들이 있다. 칠성시장은 규모가 커서 그런지 자전거를 타고 지나가도 시간이 조금 걸린다. 그래보아야 한 1분 정도지만 굉장히 큰 규모이다. 우리 동네에서 구경하지 못했던 크기의 시장이기 때문에 일종의 동경심도 생긴다. 하지만 나는 앞으로 갈 길이 멀다. 계속 앞으로 빨리 가지 않으면 저녁이 되어 버릴지도 모른다. 그래도 나는 내가 어느새 이렇게 멀리까지 왔구나 라는 생각을 했다. 순간 뿌듯한 느낌이 들면서 앞으로의 일에 대한 자신감이 생겨나기 시작한다. 그리고 앞으로 나아가고 싶은 욕망이 솟아오른다. 이것이 자전거 여행의 또 다른 묘미이다. 어딘가에 도착하면 그 곳을 내가 정복한 것 같은 그런 성취감. 그리고 앞으로 펼쳐질 미지에 대한 호기심! 그런 호기심을 품고 나는 계속해서 앞으로 전진, 또 전진!

　그렇지만 곳곳의 아름다운 풍경은 또 다시 나를 잡아끈다. 한쪽엔 두루미인지 학인지 모를 정체 불명의 어떤 생물이 자태를 뽐내면서 있다.

　그리고 꽃들을 원형으로 모아서 심어 놓은 아름다운 광경도 보고 또 다른 귀여운 오리 무리들도 보인다. 특히 내 눈길을 사로잡는 꽃들. 꽃은 원래 아름다움의 상징이라고 한다. 향기도 그렇게 다채로운 색색의 꽃들은 확실히 '아름답다' 라고 말하기에 손색이 없다. 꽃들도 종류가 있다. 아름다운 꽃의 대명사 '장미'부터 '튤립', '국화', '붓꽃', 그리고 우리나라의 국화 '무궁화' 까지 그 종류가 다양하다. 그 중에서도 빨간색, 보라색, 노란색 꽃들을 뭉쳐놓은 것들을 정말 잠시 동안 넋을 놓고 바라보았다. 그밖에도 하얀색, 붉은색 조합 등 가지각색이다. 그런데 꽃 주변으로 다가가기는 무리인 점이 아직도 벌들이 날아다니고 있어 조금 꺼려져서 멀리서 클로즈업을 통해 찍어야 한다. 보통 사람들은 벌을 무서워하는 것이 정상이니 말이다.

그리고 꽃무리 주변에 있는 양지에는 평화의 상징 비둘기들이 떼지어 있다. 솔직히 비둘기는 너무 평화롭지 않은가?

너무 평화로운 나머지 생명의 위협도 잘 안 느끼는 것 같다. 보통 산새들과는 달리 사람을 무서워하지 않는 새들이다. 요즘은 '닭둘기'라고도 할 만큼 게을러진 새들이다. 하지만 이 녀석들이 밉지는 않다. 의외로 귀여운 구석도 있으니 말이다.

마치 오리를 보는 것 같은 통통한 외모와 안경을 쓴 것 같은 눈이 상당히 귀엽다. 따사로운 햇빛을 받으며 옹기종기 모여 돌아다니는 모습은 정말 평화 그 자체이다. 옛 사람들도 이런 비둘기의 모습을 보고 평화의 상징이라고 하였을까? 이렇게 평화의 상징이 많은 것을 보면 아마 우리 세상도 평화로울 것이다. 희망을 갖자!

　꽃밭을 지나서 앞으로 조금만 더 가면 북구가 나온다. 북구라니!

　내가 사는 곳은 남구인데 중구를 거쳐 북구까지 간 것이다! 내가 생각해도 너무 뿌듯하다. 하지만 이런 정신적 만족만으로는 나의 몸을 지탱하기는 무리였나 보다. 난 어느새 타오르는 갈증을 느끼고 있다.

　물! 인간의 70%. 주변을 살펴보니 물이 나오는 곳이 있긴 하다만 왠지 신뢰가 가지 않아서 나는 중간에 옆으로 가서 물을 찾기로 했다. 비상금을 챙겨와 천만 다행이라 느끼며 아파트 단지가 있는 곳으로 자전거를 몰아갔다. 언제나 느끼는 점이지만 나에게 아파트 단지는 너무 복잡하다. 가게가 어디에 있는지 찾지도 못하겠고 어디가 어딘지도 모르는 상황에 처한 경우가 한두 번이 아니었다. 오늘도 예외가 아니다. 길을 못 찾겠다. 하지만 나의 특유의 명석한 두뇌로 표지판을 읽어 겨우 작은 가게를 찾아내는데 성공했다. 나는 안으로 들어가 물을 사먹기로 했다. 돈이 얼마 없어서 풍족하게 이것저것 사지 못한다. 결국 소중한 생명수를 하나 사서 시원하게 마시니 갈증 해소와 함께 힘이 나기 시작했다. 역시 정신 못지 않게 몸도 중요한 듯싶다.

　그러나 난 또 다른 문제에 직면한다. 나의 뱃속이 좋지 않은 것이다. 이것은 진정으로 곤란한 문제이다. 그래서 나는 마지막 사력을 다해 질주하여 화장실을 찾아보았다. 아파트 단지에서 찾기는 무리라고 생각되어 신천으로 나왔는데 아주 현명한 판단인 것 같다. 과연 신천에서 1분도 안 가니 화장실이 나온 것이다. 나는 너무나도 반가워 자전거를 눕혀두고 달려서 화장실 문 손잡이를 잡고 당겼다. 하지만 문은 굳게 잠겨 있다. 이 무슨 날벼락인가! 나는 안절부절 못하면서 벤치에 앉아서 빨리 나오기를 초조히 기다리기로 하고 앉았다. 하지만 화장실에 들어간 사람은 3분이 지나도록 안에 있는 것이 아닌가? 나는 초인적으로 겨우겨우 버틴 끝에 안에 들어간 사람이 나오는 장면을 보고 재빨리 들어갔다. 나는 만족감을 느끼면서 변기에 앉았다. 화장실 안에는 사람의 마음을 가라 앉혀주는 클래식 음악이 나오는 것이다. 나는 굉장히 만족했다. 클래식 음악은 왠지 화장실과 어울린다는 쓸데없는 생각을 하면서 볼일을 끝낸다. 그리고 다시 출발한다. 몸이 훨씬 더 가벼워진 느낌이다. 갈증도 해소하고 뱃속도 정리하고 나니 몸이 깃털처럼 가벼워져 앞으로 쭉쭉 나아간다.

　　화장실에서 조금 더 나아가다 보니 아주 행복해 보이는 한 사람을 발견할 수 있었다. 나와 같이 자전거를 타는 아주머니였는데 그분의 얼굴 표정은 정말 행복해 보였다. 미소? 작은 웃음? 아니다. 그건 작은 웃음이 아닌 환한 큰 웃음이다. 너무나도 복스러운 웃음. 나는 그 웃음을 보고 나도 모르게 웃음을 터뜨렸다. 내 생각엔 너무 웃긴 것이다. 나도 그렇게 웃고 싶은 마음이 들고, 나도 저렇게 자전거 타는 것만 해도 너무나도 흐뭇했던 시절이 있었는데……. 그 유쾌한 분을 지나쳐 조금 더 가니 비포장도로가 시작되었다. 더 이상 아스팔트는 없단 말인가! 시멘트는 승차감이 안 좋단 말입니다!

4. 신천 하류

　콘크리트길은 의외로 짧았다. 조금만 더 달리니 다시 포장된 아스팔트길이 눈앞에 펼쳐졌다. 그리고 아스팔트길과 함께 눈에 들어온 모습은 아빠와 아들이 함께 걸어가는 모습이다. 나는 평소에 아버지와 그렇게 친하지 않다. 그런데 그 아이는 아빠와 함께 너무 행복한 표정으로 걸어가고 있다. 나는 그것을 보고 코끝이 찡한 것을 느꼈다. 나도 아버지와 저렇게 행복하게 지낼 수 있다면 얼마나 좋을까. 나도 저 아이처럼 행복한 얼굴로 아버지와 대화할 수 있을까? 너무나도 인상적인 장면이다. 평소 아버지께 서운하게 대했던 나였다. 내가 그렇게 하지만 아버지는 나를 얼마나 사랑하실까? 내가 그런 행동을 할 때마다 아버지는 얼마나 서운하시고 슬프실까? 그런데도 나를 믿어 주시는 아버지께 너무나도 죄송한 마음이 든다.

   목적지를 향해서 달려가는 나를 반겨주는 이들이 또 있었다. 그들은 바로 아름다운 꽃길. 아까 봤던 그 꽃밭처럼 화려한 맛은 없었지만 보는 사람으로 하여금 기분 좋게 하고 수수하고 분위기 있는 들꽃길이 있다. 정말 아름다운 풍경이다. '예쁘다'라고 하기보다는 '매력 있다'라는 말이 어울리는 그런 꽃길이다. 마치 비교하자면 휘황찬란한 아름다움의 형형색색의 보석들과 화려하진 않지만 뭔가 부드럽고 단순한 매력의 진주 같은 느낌이다. 눈을 자극하지도 않고 나를 편안하게 해준다. 당장이라고 저 옆에 돗자리를 펴고 앉아 차를 한 잔 마시고 싶은 기분이다. 하지만 나는 아직 갈 길이 멀지 않은가? 하지만 앞으로 가고 또 가도 꽃길은 펼쳐져 있다. 그래서 나는 즐거운 마음으로 천천히 감상하며 가기로 했다. 원래 그런 것인지 기분 탓인지 모르겠지만 여유를 가지고 천천히 보니 더욱더 아름다워 보인다.

　꽃길은 계속된다. 나의 여행도 계속된다. 내 MP3 속의 노래도 계속 흘러나오고 있다. 하지만 이 여행이 지루하지는 않다. 왜냐면 모두 다 내가 처음 경험하고 처음 보는 것들이니까. 그리고 앞으로의 호기심도 있다. 그리고 신천을 여행하며 내가 본 많은 행복한 사람들이 있었다. 사람들은 모두 웃고 있었다. 그리고 지금 내 눈앞에 가고 계시는 분들은…… . 물론 행복해 보이신다.

　하지만 왠지 웃음이 나온다. 왜냐하면 그분들의 모습이 너무나도 친근했기 때문이다. 아주머니들 세 분. 그분들이 특유의 걸음걸이(동네에서 아주머니들이 아침에 산책 나가시는 모습을 본 사람들이라면 이해를 할 수 있을 것이다.)를 구사하시며 걸어가고 계셨다. 그러면서 여자의 특권이라는 수다를 떨고 계셨다. 나는 자전거를 잠시 멈추고 사진부터 한 장 찰칵! 그리고 잠시 동안 혼자서 킥킥거리며 웃었다. 항상 동네에서 뵙던 모습을 신천에서도 볼 수 있다니 역시 세상은 좁다.

　자전거를 타고 계속 앞으로 간다. 그러다 문득 느낀 점이 있다. 내가 어느새 아스팔트를 벗어나 다시 시멘트 길에 서 있다. 시멘트 길에 다시 들어서니 나는 뭔가 알 수 없는 신선함을 느꼈다. 다시는 아스팔트가 안 나오리라는 직감이 들어서일까? 뭔가 내가 미지의 세계로 들어선 것 같은 느낌이 든다. 마치 내가 지나온 저 뒤가 어떤 다른 세상과의 경계 같다. 나는 그 순간 가슴 깊은 구석에서 가슴 벅찬 희열이 올라오는 것을 느꼈다. 나의 한계를 뛰어넘은 듯한 벅찬 감동이랄까. 내가 이만큼 왔구나 하는 성취감. 이 순간만큼은 전교 1등 부럽지 않은 행복이다. 우린 사실 이런 행복함 속에서 살아가고 있다. 다만 그런 행복에 감사할 줄 몰라서 그렇다. 작은 일 하나하나에도 우린 행복을 느낀다. 하지만 그런 행복을 우린 너무 금새 잊어버린다. 나는 이 벅찬 감동을 얼마나 가지고 갈 수 있을까? 아마도 얼마 가져가지 못할 것이다. 그래도 이 순간만큼은 행복하다. 이 행복에 조금 더 취해 있어야겠다. 기분이 날아갈 것 같다.

4. 금호강

　시멘트로 된 길은 뭔가 너무 칙칙하다. 새로운 느낌은 있지만 그렇다고 볼 것이 있는 것도 아니다. 그렇다고 사람들도 있는 것도 아니다.(정말 어떻게 한 명도 없을 수가 있단 말인가?) 나는 상당히 황당한 느낌으로 앞으로 계속 나아갔다. 그런데!! 어떻게!! 하느님 맙소사!! 이제는 시멘트 길도 모자라서 흙길이 나오는 것이다. 오! 이제는 머리가 어지럽다. 흙길은 정말 시멘트와 비교해서도 승차감이 정말 끔찍한데……. 하지만 어쩌겠는가? 이미 여기까지 와버린 걸. 나는 반쯤 자포자기한 상태로 앞으로 계속 자전거를 몰아갔다. 이 흙길의 특징이라면 풀이다. 풀들이 내 머리보다 높이 자라 있다. 그리고 옆을 보니 기다란 고속도로가 나 있다. 나는 감탄하며 자전거를 타고 갔다.

　　하지만 이렇게 칙칙한 곳에서도 역시 우리의 친근하신 아주머니분들은 고정 출연하셨다. 이번엔 두 분이다! 다정하게 걸어오시는 아주머니 분들. 그분들은 나의 기대를 저버리지 않고 역시 아주머니들 사이에서만 통용된다는 그 옷을 입고 산책에 나서셨다. 나는 그분들을 보고 다시 한 번 피식 웃어버렸다. 역시 아주머니들은 어디에서나 있다고 하지 않는가? 심지어 어느 나라 사전(아마 프랑스였던 것 같다.)에는 아줌마라는 명사를 싣기도 하였으니 말이다. 이런 아주머니들은 모두 우리의 생활에선 없어선 안 될 분들이시다. 우리의 어머니들께서도 모두 아주머니란 사실을 기억하자. 아주머니 분들도 신천에 나오셔서 좋은 풍경을 구경하고 돌아가셨길 진심으로 빈다.

흙길을 시작으로
그 앞으로는 내 생각
에 자연을 보호하자
라는 의미로 개발을
일체 하지 않은 것 같
다. 마치 늪지대에 온
것 같은 느낌이다. 우
거진 기다란 풀들 사
이로 살짝살짝 비치
는 신천의 모습은 상류에서는 전혀 보지 못했던 모습이다. 아마존강을
보는 그런 느낌이랄까?

정말 옆이 보이지 않아 답답한 마음뿐이다. 하지만 난 더 좋은 방법
을 알아냈다. 강이 있는 반대쪽을 보는 것이다! 놀랍지 않은가? 나의 이
런 천재적인 발상으로 나는 왼쪽을 바라보았다. 그랬더니 또 색다른 풍
경이 눈앞에 펼쳐졌다. 바로 이상한 클로버같이 생긴 풀들을 키우는 밭
이 있는 것이다. 용도를 알 수 없는 밭이고 도대체 누가 기르는 것인지
도 모르는 밭이다. 그야말로 미스터리. 게다가 그 밭은 엄청 길게 뻗어
있다.

　다시 길을 더 가다 보니 또 풀숲이 나온다. 이놈의 신천은 뭐 이리 반복되는 것들이 많은지 원 참! 하여튼 불평은 집어 치우고 계속 앞으로 나가다 보니 옆에 커다란 꽃이 한 송이 있다. 엄청 크고 예쁜 꽃이다. 지긋지긋한 풀숲에서 발견한 아름다움이라서 그런지 모르겠지만 굉장히 아름답다. 수풀 속에 피어난 한 송이 예쁜 꽃. 굉장히 심오하다. 많은 생각이 난다. 수풀이라는 일상 속에서 찾아낸 한 송이 꽃이라는 행복. 보통의 사람들이라면 한 번씩은 일탈을 꿈꿔보지 않을까? 내가 이 추억 속으로의 여행을 시작하게 된 계기 또한 일탈이 아닐까? 일상에 너무 지친 나머지 새로운 것을 찾다가 결국 나의 과거로 돌아가 그 곳에서 소재를 찾는 것이다. 그리고 그 소재가 바로 신천이다. 내가 왜 그토록 나의 추억을 되새기고 싶었을까? 지금의 일상과는 다른 일들이 그 어릴 때에는 있었으니까. 나는 이 꽃을 보고 많은 것을 느꼈다. 그리고 다시 초심으로 돌아가 이 얼마 남지 않은 여행의 마지막 온점을 콕 찍을 것이다.

고지가 눈앞이라
는 생각에 나는 힘
을 얻어 앞으로 쭉
쭉 뻗어 나간다. 그
런데 강을 보니 사
람들이 낚시를 하
고 있는 것이다. 나
는 신천에서도 물
고기를 낚을 만한

것이 있을까 라는 의문을 가지며 계속 앞으로 갔다. 하지만 나는 금새
이상함을 느끼기 시작한다. 주변엔 표지판이 하나도 없었다. 그런데 저
쪽에 사람들이 대거 몰려 있는 것이다. 나는 그 곳으로 가보았다. 그랬
더니 그 곳에는 금호강 지도가 나와 있는 것 아닌가? 나는 이상한 마음
에 어느 분에게 물어보았다.

"혹시 여기가 금호강인가요?"

나의 질문은 적중. 그리고 나는 질문을 더 했다.

"신천이 끝나는 곳이 어딘가요?"

역시 나는 신천을 꽤나 지나왔다. 아까부터 낌새가 있긴 했지만 확실
한 물증이 없어 계속 왔는데 내가 신천을 벌써 지나왔다니. 나는 처음
에는 걱정이 들었
다. 아, 또 돌아가야
하다니……. 하지
만 금새 걱정은 다
시 형용할 수 없는
기쁨으로 바뀌었다.
'내가 금호강에
오다니!'

이루 말로 다 표현할 수 없다. 그것은 정말 벅찬 감동이다. 히말라야 14좌를 모두 다 등반을 마친 산악인의 마음이 그러할까? 정말 벅찬 감동이 내 가슴을 치고 올라온다. 나는 얼굴에 미소를 머금고 다시 집으로의 여행을 시작한다. 몸은 정말 날아갈 것 같이 기쁘다. 왔던 길을 되돌아 계속 달리니 정확히 신천이 끝나고 금호강과 맞물려 합쳐지는 그 곳에 도착했다. 그리고 그 곳에서 금호강 쪽을 한번 바라본다. 가슴 벅차다. 내가 저 곳을 정복했다. 내가 자전거를 타고 내 것으로 만들었다. 이제 저 곳은 내가 탐험한 내 마음속의 나의 지도에 새겨질 것이다. 그리고 이제 다시 반대쪽으로 돌아 신천을 바라본다. 저쪽 어딘가에 나의 집이 있다. 그 곳에서 왔고 그 곳으로 돌아가야 한다. 그리고 지금 내가 돌아 갈 것이다. 그리고 내가 서 있는, 또 금호강과 신천의 경계가 되는 다리를 바라본다. 나는 이 선을 넘었고 이 선은 이제 아무 의미 없다. 이 밑으로 흐르는 물까지도 나의 행복에 동조하는 듯 잔잔히 흐른다. 바람도 시원히 불어 나의 땀을 식혀준다. 나의 자전거와 내 두 다리가 대견하다.

자 이제 돌아가자! 내가 있던 곳으로! 가자 내가 왔던 곳으로!

　가는 길은 순조롭다. 여기까지 오는 데에만 장장 2시간이 걸렸다. 하지만 가는 데에는 더 많이 걸리지 않을 것이다. 하지만 나의 이런 예상은 시원하게 빗나갔다. 올 때는 그나마 초반이라 그런지 에너지가 조금이라도 더 있었지만 지금은 없다. 그래서 나는 남은 500원을 물 사는 데에 쓰기로 하고 또 마을로 들어선다.

　하지만 이곳은 아파트 단지가 아니다. 10분 동안 헤매다 겨우 찾아낸 구멍가게. 그 곳에서 내가 간절히도 바라던 생명수를 찾았다. 그리고 마셨다! 물을 마시니 기분이 날아갈 듯하다. 개운하다. 하지만 개운함도 잠시 따사롭던 햇빛은 어느새 창이 되어 나에게 날을 들이민다. 부드럽던 털이 어느새 고슴도치의 가시처럼 곤두서 버린 것이다. 결국 머리에 물을 죄다 부어 버리고 달렸다. 하지만 그것으로는 모자란다. 결국 나는 휴식처를 찾았다. 그 곳에 들어가 5분 동안의 꿀 같은 휴식을 취했다. 5분 동안 가만히 앉아 있으니 한층 힘이 나고 마음이 가라앉았다. 그길로 나는 다시 길을 나섰다.

　나는 또 오는 길에 꽃길의 정체를 알았다. 수많은 사람들이 일일이 신천에 나와서 꽃을 가꾸고 있던 것이다. 그 일하는 모습이 정말 보기 좋다. 일하기에는 꽤나 더운 날씨임에도 불구하고 저렇게 열심히 일을 하는 모습을 보니 요즘 우리가 너무 일을 하기 싫어하는 것 같다는 생각이 든다. 그런 생각을 하며 한참을 달리다 보니 어느새 체력이 급격히 저하되기 시작한다. 절망적이다. 아직 집까지는 20분 정도 남아 있지 않은가? 무슨 수로 버틴단 말인가? 하지만 궁지에 몰리면 힘이 난다고 나도 죽자 살자 페달을 밟는다. 그렇게 모든 기력이 다 소진해서야 집 앞에 도착한다. 너무나도 반가워 목이 메인다. 그리고 나는 집으로 들어가서 쓰러지듯 달콤한 휴식을 취한다. 드디어 나는 신천의 여행을 끝마쳤다. 아듀 신천!

울퉁불퉁 일상 탈출

박세현

박세현은?

협성중학교 3학년

어릴 때에는 글쓰기에 자신이 있었다. 재미도 있었고 재주가 있다고 자타가 공인했는데….
가장 힘들었을 때 남부교육청 글쓰기 영재 교육도 1년 받았다. 그러나 글쓰기는 날이 갈수
록 어렵기만 했다. 잘 할 수 있다고 생각했는데 그건 생각일 뿐이다. 정리가 안 되는 생각이
너무 많다. 하지만 난 이제부터 또다시 열심히 써 볼 것이다.

일상을 탈출하고 싶다는 생각을 나는 항상 가지고 있었다.

늘 꽉 짜여진 일상에서 탈출하기란 결코 쉽지 않은 일. 그러한 나를 위하여 잠깐이나마 여유와 휴식이 있었으면 좋으련만……. 매일 바쁘게 돌아가는 나의 일상에서 잠시나마 마음의 여유와 휴식을 찾기 위해 나는 지금부터 대구의 아름답고 정겨운 모습을 사진 한 장, 한 장에 예쁘게 담아 보려 한다.

나에게 이 시장은 특별하다. 그래서 정감이 많이 가는 시장이다. 어린 시절부터 엄마를 따라서 서문시장을 갔었다. 그때는 아무것도 모르고 시장이라는 곳에 가보았다. 그곳에는 정이라는 것이 있다. 처음 시장을 가면 뭐랄까, 대형 마트와는 영 다른 느낌을 받지 아니한가? 시장에 가면 언제나 나의 뇌리에는 스파크가 튀었다. 그 스파크는 아직도 연결되어 이곳을 지나 갈 때마다 처음 들어섰을 때의 그 느낌을 잊을 수 없다.

동촌유원지의 물은 아주 좋지 못했다. 하지만 이곳이 왠지 모르게 나는 마음에 든다. 까만 도토리묵 같은 유원지의 물을 보면 나도 모르게 그 속에 빨려 들어가는 기분이 들어 신기했다. 온통 까만 물 위에 하얀 오리배가 떠 있는 모습, 온통 까만 얼굴에 하얀 치아만 보이는 흑인들이 나는 생각이 났다.

650번을 타고 다산이라는 곳에 이르기 전 버스 안에서 연밭을 보았다. 처음 보고 정말 깜짝 놀랐다. 대구의 근교에도 이런 곳이 있다니! 어느 결에 연밭에 매료되어 있는 내 자신을 발견할 수 있었다. 연꽃이 피면 장관일 텐데……. 잠시라도 짬을 내어 가족과 함께 자연을 느껴 보는 시간이 행복하다.

동촌유원지에서 조금만 올라가면 망우당 공원이다. 공원 내에는 영남 제일관이 있다. 처음엔 이 문이 무엇인가 싶어 구경을 했다. 날씨가 더워서인지 그다지 사람들은 많이 보이지 않았다. 그래도 영남제일관 아래에서 열심히 사물을 연주하는 할아버지가 계셨다. 그 할아버지 덕분에 그곳은 외롭지 않은 것 같다.

망우당 공원이다. 어느 일요일, 가족과 화목한 오후를 보내고 저녁을 먹고 집에서 있다 보니 심심해서 나오게 되었다. 딱히 갈 곳이 없었던 우리는 내가 한 번도 가보지 못한 망우 공원으로 가기로 했다. 그 옆에 자리 잡은 대구에서 가장 좋은 호텔이라는 인터불고 호텔도 한 번 보고 싶었기 때문이다.

계명대학교 캠퍼스 안에 있는 한학촌은 한옥의 미를 살린 명소이다. 대구에서는 한옥의 모습을 잘 볼 수 없으니 이곳에서 느껴 보면 될 것이다. 정자가 있어 사람들과 담소도 나눌 수 있고 방 안도 사용이 가능한 듯하였다. 현대와 옛것이 어우러져 있는 한학촌에서 잠시 발길을 머문다.

계명대학교를 왔는데 그냥 갈 수는 없지 않은가? 온 김에 계명 대학교를 한 바퀴 돌았다. 계명대 캠퍼스는 실로 '예쁘구나!' 라는 감탄사가 절로 나온다. 담쟁이로 덮인 붉은 벽돌의 캠퍼스 모습은 감동이다. 도심 속에서 이런 멋진 모습을 어디서 볼 수 있으랴!

계명대 안에 있는 '꽃보다 남자' 드라마 촬영지. 계명대 정문이다.
사진을 찍으려는 데 한 아저씨가 자전거로 앞을 지나간다. 문득 고풍스
러운 모습과 여러 나무들이 어우러져 드라마 촬영지로 자주 이용된다.
여러 가지 복잡한 생각들로 가득 찼던 내 머리는 금잔디가 자전거 타고
세탁 배달하던 모습을 상상하자 어느새 상쾌해진다.

Exco는 나에게 아주 신기한 체험을 하게 해준 곳이다. 나에게 의사의 꿈을 가지게 해준 체험전이 열린 곳이다. 이곳에서는 내가 궁금해하던 모든 것들을 다 보여주었다. 그 날 상당히 복잡하기도 하였으나 기분은 좋았다. 그 때 기분을 다시 느낄 수 있는 날이 과연 올까라는 생각으로 오늘 다시 찾았다.

약령시는 내가 의사라는 꿈에서 한의사가 되고 싶다는 생각을 들게 한 곳이다. 약령시의 향긋한 약내음에 빠져서 좀체 헤어 나오지 못했다. 하지만 약령시는 나의 꿈이 시작된 곳이나 마찬가지이므로 나에게는 아주 소중한 곳이다.

대구 시내의 동성로이다. 처음으로 동성로를 갔을 때는 아마 중학교 때였을 것이다. 혼자서는 이런 곳에 놀러 올 수도 없겠구나 하고 여겼던 곳이다. 이런 곳이 시내구나, 사람이 이렇게 많은 곳도 있구나! 라는 감탄만 나왔다. 나의 마음을 확 가져간 아름다운 대구의 한 모습이었다.

앞산에서 발견한 붉은 색의 자연이다. 반가운 우리의 자연이 아
닐 수 없다. 어디서 이런 붉음을 찾을 수 있으리. 푸르름 속에 붉음이
라……

대구의 수목원. 그곳의 선인장 전시장이다. 일요일이라 상당히 많이 붐볐다. 아주 더운 여름날 이곳에서 많은 사람들이 사진을 찍고 간다. 하지만 사진과는 달리 홀로 고독을 안고 오신 할아버지 한 분을 보았다. 백발이 성성한 그분은 자신을 남기고 싶다며 사진을 찍어 달라고 요청을 하셨다. 나는 흔쾌히 찍어 드렸다. 혼자 오셨느냐는 질문에 그분은 단지 온화한 미소로 대답을 대신했다.

사실 수목원을 간 이유는 따로 있었다. 내가 좋아하는 흑죽(黑竹)을 보기 위해서이다. 일반 대나무도 좋아하지만 흑죽을 유난히 좋아한다. 율곡이 태어난 오죽헌에도 흑죽이 많았다고 하지. 푸르름보다는 갈빛과 청빛이 어우러진 흑죽의 모습에서 나는 야릇한 감흥을 얻는다.

이건 뭘까? 무덤? 절대 아니다. 이것은 현풍 석빙고이다. 사람이 많이 다니지 않아서 먼지도 많지만 절대 무덤은 아니다. 석빙고! 임금에게 진상하는 얼음을 저장했던 곳이지만 수려한 전경과 빼어난 소나무들이 이곳을 지키고 있는 모습이 석빙고라기보다 흙 이글루이다. 하지만 안을 구경할 수 없어서 많이 아쉬웠다.

대구의 새해를 밝혀주는 달구벌 대종이다. 많은 사람이 새해마다 제야의 종소리를 들으러 간다. 2010년에도 어김없이 33번의 타종이 대구 시내 곳곳에 울려 퍼졌다. 매해 제야의 종소리를 들으러 가는 여러 사람들의 마음까지도 짠하게 울렸던 달구벌 대종의 찬란한 모습이다.

동화사는 오래 되고 때 묻은 처마와 곡선의 미가 느껴지는 아름다운 곳이다. 대구가 낳은 많은 고승들의 영정이 모셔져 있기도 한 곳이라서 그런지, 나의 무지를 고승께서 머리라도 한 대 쥐어박으며 깨우침을 주었는지 갑자기 머리가 맑아진다. 평소 한문 공부를 열심히 하였기에 쉬운 한자는 웬만히 읽을 수 있었다. 하지만 그 고승들의 영정을 모셔 놓은 사당의 이름은 정작 읽지 못했다. 조사전이란다.

카메라 초점 이상으로 화랑교가 이렇게 찍혀 버렸다. 차들이 지나가는 불빛과 다리의 불빛이 예뻐서 찍었더니 카메라가 이렇게 만들어 버렸다. 하지만 까만 먹물 같은 강물들이 흘러가고 다리 위에 차들은 자기 갈 길을 가고 있었던 아주 고요하고 적막함이 흐르던 화랑교다.

월요일 점심쯤 부산에서 올라 온 나는 놀라운 장면을 보게 되었다. 처음으로 무료 급식소를 보게 된 것이다. 많은 노숙자 분들과 노인 분들께서 오셔서 점심을 드시고 계셨다. 처음으로 보게 된 장면은 충격이었다. 이토록 큰 도시 대구에서 그런 모습을 보았다. 그분들께 양해를 구하고 사진을 찍었어야 하지만 마음이 아파 차마 그러지는 못했다.

신천이다. 칠성시장을 끼고 있는 아름다운 강이다. 신천대로를 달리며 신천의 아름다움을 감상하는 것도 괜찮지 아니하겠는가? 아직 자동차가 없기에 버스를 타고 사진을 찍을 수밖에.

적막함이 가득한 이곳은 대구의 옛 모습이다. 대구의 참 모습을 찾아보면서 이곳을 빼 놓을 수는 없었다. 불로동 고분군은 처음에는 팔공산을 가던 중 지나치고 말았다. 가족과 함께 이번 주말에는 대구의 유적지 불로동을 찾아보는 것도 의미있는 일이 아닐까?

여러 곳을 다니다 보니 많은 생각이 들었다. 아직은 어리지만 나의 삶을 돌아 볼 수 있게 해준 좋은 기회였다. 한학촌으로 시작하여 한학촌으로 끝을 보게 되어 기분이 상쾌했다. 작은 것이지만 나는 대구를 잘 몰랐던 것 같다. 우리 집은 마지막 주말이면 가족과 함께 자주 놀러 갔다. 그 장소가 외지였다. 그런 나에게 다시금 나를 알게 해주는 여행이었다.

산책일기 두류공원

정재우

정재우는?

협성중학교 2학년

판타지 소설에 빠져 글쓰기가 힘들었다. 내용이 너무 쉽게 드러나는 것 같아 자꾸만 생략이 많아진다. 미로 속으로 들어가야 할 것 같아 머리가 복잡해졌다. 정말 재미난 판타지 소설 한 편 써 볼까 구상 중이다.

두류공원!

이곳에서의 추억은 다른 사람 못지않게 남다르다.

대구에서 공부를 하며 성장했던 내가 가장 많이 놀러갔던 두류공원
은 아직도 볼 만한 것이 많다. 그래서 나는 옛 추억을 되살려 두류산으
로 여행을 떠난다. 먼저 산책로 입구에 갔다.

자연보호가 잘 되어 있는 산책로였지만, 가물가물한 기억으로 무작
정 들어가다 보니 원래 가던 쪽과 별반 다른 것이 없어서 오히려 나의
모험심을 불러 일으켰다. 아직 단풍이 물들지 않아도 그 푸른빛 자체만
으로도 충분히 멋져 보인다. 자연은 헤치지 말고 건물과의 조화를 이루
어야 한다는 생각이 든다. 하지만 두류공원은 꽤 넓은 공원이기에 생각
은 짧게 하고 다시 걷기 시작했다.

점점 위로 갈수록 한눈에 봐도 달라 보이는 식물들이 자라나고 있다.
특히 나무는 붉어져가는 것들도 있어서 '책이라도 한 권 있었으면'이
라는 생각도 들었지만 이미 지나간 것에 미련을 두지는 않았다.

점점 올라갈수록 등산하는 사람들의 모습이 많이 보이지 않았다. 혹
시 여기 등산길이 아닌가라는 생각도 했지만, 사람들이 많이 지나가기
에 나는 그냥 갈 수 있는 중에 넘어져서 아프긴 했지만 별 상처도 없어
서 그냥 점점 더 깊은 미궁 속으로 빨려들어 갔다.

가면 갈수록 험한 길의 반복이었지만, 그래도 꽤나 재미있는 등산이다. 한참 가다 보니 나무들이 아치형이 되어 터널 같은 형식을 만들었다. 이 나무들을 보니 예전에도 이런 터널 같은 모습이었을까라는 생각이 들었다.

예전에도 두류공원은 많이 왔었는데 기억이 잘 나지 않는다.

생각해 보면 어렸을 때 두류공원 쪽으로 와서 두류산을 놀이터로 삼아 친구들과 재미있게 놀았다. 하지만 정작 어떻게 놀았는지 구체적으로 기억나지는 않는다. 이 나무들은 내가 분명 처음 보는 것 같은데 낯설지가 않았다. 오히려 밑으로 지나가고 싶다는 이런 생각이 들었다.

하지만 앞에 보이는 쓰레기들을 보고 불쾌한 생각이 들었다. 시민이 모두 쓰는 공원인데 이런 식으로 쓰레기를 버려도 되나? 나는 자연과의 조화를 좋아한다. 하지만 이런 식으로 쓰레기를 무단으로 버리는 것은 자연을 망가뜨리기만 한다. 쓰레기들을 보고 정리해야겠다는 생각이 들어 쓰레기를 줍고, 나무들의 터널 밑으로 가보았다. 인위적으로 만든 터널과는 확연히 차이가 났다. 일단은 인위적인 터널은 어두울 뿐만 아니라 칙칙하다는 생각. 어쨌든 좋지 않은 생각이 들었지만 푸른 나무들을 보니 쾌적하면서 뭔가 신비로운 느낌을 받는다. 그리고 바쁜 발길을 돌렸다. 두류산을 좀 더 올라가 보니 전망이 좋은 곳이 보인다.

나무에 가려 막혀 있던 도시가 빛과 함께 나타나니 내 마음도 시원하게 뚫린 느낌이다. 내가 자라고 태어난 곳을 한눈에 볼 수 있는 곳은 그리 많이 있지 않다. 생각해 보면 어렸을 때는 이런 곳에 와 봐도 별로 생각 없이 놀기에만 바빴다.

　그리고 점점 크면서 나는 이런 곳을 완전히 망각했다.

　기억을 되짚어 보면 어렸을 것 같지만, 그런 것 같지만도 않다. 모르
겠다. 그때의 나는 세상에 대해서는 아무것도 모르는 천진난만한 아이
였으니까. 어쩌면 지금의 마음보다 그때의 동심(童心)이 더 중요할지도
모른다. 다시 생각해 보면 그때는 이런 낮은 언덕도 올라가기 힘들어
했었다. 체격의 차이인지 체력의 차이인지는 모르겠으나 그래도 즐거
웠다. 적어도 내 생각에는 즐거웠다. 내가 즐거웠던 이유는 하늘을 좋
아해서일지도 모른다. 하늘과 좀 더 가까워지기 위해, 손이 하늘에 닿
기 위해 예나 지금이나 하늘을 좋아하는 것은 똑같다.

　어쩌면 옛 동심이 사라지지 않고 조금은 남아서일까. 옛 추억을 간직
한다면 그것은 잊지 않은 내 마음이 남을지도 모르기 때문일까.

나는 옛 생각에서 빠져 나와 다시 갈 길을 갔다.

한 1시간쯤 걸었나? 이 두류산이 크다는 것을 몸소 체험하게 되었다. 점점 빠지는 체력이랄까. 하지만 마땅히 쉬기 좋은 장소는 눈을 씻고 찾아봐도 볼 수가 없었다. 그리고 능선을 넘고 보니 돌탑이 하나 있었다. 적은 골목골목을 돌아다니며 누가 먼저 공원에 가나 시합도 한 것 같다. 그리 오래된 것 같지도 않다.

돌탑은 기원이 참 많다고 들었다.

내가 보기에는 6·25 때 전쟁이 일어나지 말라고 소원을 비는 돌탑이라고 생각된다. 대구는 6·25 때 마지막 전선이라고도 볼 수 있다. 그렇기에 나는 소원을 비는 돌탑으로 생각을 했다. 어떠한 생각으로 사람들은 돌탑을 세우는지는 몰라도 나도 소원을 담아 돌을 쌓았다. '통일이 될 수 있게 해주세요'

내 소원이 이루어지길 바라며. 돌탑에서 소원을 빈 후 나는 다시 두류산 재탐방에 나섰다. 어떻게 보면 하루 만에 다 돌 수 없는 산의 크기라 2~3번 정도는 더 와야 할 것 같지만 예전의 기억을 더듬어 나는 느릿느릿 걸었다.

옛 추억이라는 것이 쉽게 사라지지 않는가 보다. 이렇게 들어와 보니 어렸을 적이 생각난다. 전에는 어렸을 때라 지금처럼 뚜렷한 목적과 그런 것이 없이 그냥 즐겁게 왔다. 앞에서 말했다시피 그냥 즐거웠다. 그렇게 즐거웠기에 이렇게 다시 올 수 있었던 것이다.

그리고 오랜만에 두류산에 왔을 때 꼭 오랜만에 옛 친구를 다시 만나는 느낌이었다. 아니 두류산은 옛 친구가 맞는지도 모른다.

처음으로 친구한테 온 것은 가족들과 왔었다. 등산을 목적으로 온 것은 아니었지만 산을 올랐다. 불꽃놀이를 보기 위해서였다. 그리고 불꽃놀이가 시작될 때 그 소리에 인해 나는 깜짝 놀랐었다. 하지만 진행되면 진행될수록 점점 화려한 불꽃들이 쏟아졌고, 그래서인지 괜히 설레고 멋져 보였다. 처음 보는 불꽃놀이는 아니었지만, 뭐랄까 처음 볼 때랑은 다른 설렘이었다. 생각하면 생각할수록 동심이라는 것에서 멀어지는 것 같다.

그때의 추억을 아직도 간직하고 있는데, 기억이라는 앨범에 잘 간직해 있는데 말이다.

어릴 적 마음은 있지만 되지 않는다. 적어도 내 생각에는 지금보다 그때가 더 재미있었다. 지금은 신종 플루니 뭐니 하면서 목숨을 위협하는 것들이 더 늘고 있으니 걱정이다. 하지만 못 찾은 추억들은 아직 많고, 그렇기에 나는 이렇게 즐겁게 살 수 있는 것이다.

나는 다시 걸었다. 그리고 팻말이 하나 눈에 띄었다.

이 팻말을 보니 두류공원 측에서는 열심히 보존하려고 하고 있지만 우리 시민들이 따라주지 않는 것처럼 보였다. 눈에 잘 보이게 빨간색으로 써 놨는데, 방금 전에 본 쓰레기들은 뭘까? 당연히 답이 나온다. 무단으로 버린 것이다. 자연이 파괴되던 말던 자기와는 상관없다는 듯이 무단으로 버린 쓰레기들. 양심을 버린 것들이다.

여기 팻말에 적힌 말과 좀 다른 의미이긴 해도 동식물을 보존하기 위한 노력은 똑 같은 것이다. 동식물을 보존하기 위해서는 우리는 자연을 가꾸어 나가야 한다.

하지만 이렇게 말한 나도 사실은 예전에 무단으로 쓰레기를 버린 적이 한두 번이 아니다. 지금 생각해 보면 그때 버리다가 한 어르신께 걸려 혼이 난 기억도 있다. 그분이 아마 자연보호에 투철하였다기보다 나를 똑바른 시민으로 인도하려고 그러신 것이 아닐까? 그래, 그때 그 어르신이 하신 얘기가 엄청나게 길어져서 요즘 와서도 잔소리를 피하는 버릇이 생겼는 것 같다. 하하하.

생각해 보면 지금 나 자신은 우습다. 아무런 생각 없이 그냥 그저 되는 대로 사는 그런 전형적인 게으름뱅이의 모습이다. 환경에 제약을 거의 받지 않고 산이면 산, 도시면 도시 이런 곳에서 마음껏 뛰놀던 내 자신이 이렇게 방에서만 빈둥빈둥 놀고 지내는 모습이라니. 왜 이렇게 변한 것인가? 그때처럼 활발한 내 모습이 다시 보고 싶어진다. 드디어 정상이라고 할 수 있는 곳에 도착하였다.

 나무에 걸린 해가 참 인상적이다. 하지만 그것은 곧 해가 지고 있다
는 소리다. 그걸 깨달은 나는 급하게 하산하려고 했다. 하지만 지는 해
를 보니 또 추억에 물들었다. 그때 일은 아직도 잊을 수 없다. 나는 천천
히 내려가면서 그때 일을 생각했다. 지금처럼 두류산이 아닌 다른 산.
아마 앞산으로 기억한다. 대구는 분지이기 때문에 산이 많다. 덕분에
개발은 거의 안하는 것처럼 보인다. 그래서 어렸을 때는 산으로 가서
뛰어놀았다.

 아마 그때는 여름이었던 것 같다. 원래 해가 지기 시작하면 집으로
돌아갔는데, 유난히 더운 여름날 시원하게 놀자고 계곡 쪽에 가서 놀았
고, 그때 도롱뇽도 잡은 것 같기도 하다. 그렇게 정신없이 놀다 보니 어
느새 해가 지고 있었다. 아무리 여름이라고 해도 물에서 놀고 해가 지
려고 하면 춥기 마련이다. 하지만 집에 가려면 산을 타야 했기 때문에
더욱 서둘렀다. 그렇게 산을 탈 때 지금처럼 해가 지고 있는 것을 보았
다. 주황색으로 물들어가는 하늘을 보며 나는 신비로운 생각이 들었다.
자연의 신비랄까 그런 것. 도시 속에서 볼 수 있는 자연의 신비. 하지만
그때는 정신없이 내려가고 있었기에 지금처럼 감상에 젖을 시간이 없
었다. 지금 와서 돌이켜보면 항상 떠 있는 해지만 장소에 따라 무심한
마음이 사라지고 관심을 가지게 되는 것 같다.

오늘의 목적은 추억을 찾아 떠나는 여행이긴 하지만 이미 수많은 추억을 떠올린 듯하다. 하지만 대구에는 두류산뿐만 아니라 많은 곳에 추억이 있다. 그곳을 다 돌지는 못하더라도 내 발이 갈 수 있는 곳까지는 꼭 가겠다. 나는 처음 여정인 두류산에서 내려오고 드디어 다른 여정이 기다리는 두류공원에 도착하였다. 두류산 자체가 두류공원에 포함하기는 하지만 두류산과 두류공원은 다른 추억들이 기다리고 있다. 산길에서 내려오고 도로를 보니 드디어 공원이구나 하는 생각이 들었다. 두류공원은 이렇게 펼쳐져 있는 가로수들이 인상적이다.

두류공원의 가로수를 보면 도심에서도 이런 식으로 하면 어떨까라는 생각이 들곤 하지만 실현 자체가 무리라고 본다. 아니 실현은 가능할지도 모르겠지만, 할 마음이 전혀 없어 보이니. 가로수가 있는 거리를 떠나니 장기를 두고 계시는 어른들이 보인다. 하지만 내 눈에 확 들어온 것은 그 뒤에 호수, 이 호수는 깨끗하게 된 것 같긴 한데 예전과는 조금 다른 느낌을 받았다. 가까이 가보았다. 울타리를 쳐 놓은 것을 보니 수심이 깊을 거라고 생각된다.

울타리에 몸을 기대어 나는 내 얼굴을 비춰 보았다. 기진맥진한 얼굴이 물에 떠어 오른다. 하지만 물결로 인해 이내 내 얼굴은 사라진다. 앞에 보니 무슨 절 같은 게 보이는데 정확히 무엇에 쓰는 건물인지는 모르겠다. 이 호수쪽으로는 거의 안 와 보았기 때문에. 하지만 나무들이 정확하게 테두리를 만들고 그 중앙에 있는 건물을 찍을 명당자리를 찾고 나니 기쁘기도 하다.

그래도 이 호수에 아예 안 와 본 것은 아니다. 특별히 놀만한 것이 없지만 그래도 내 기억에 물가에 돌 튕기기, 물수제비 이런 놀이를 했다.

물에 돌이 튕기는 걸 처음 봤을 때 솔직히 신기했다. 내가 해보니 더욱 신기했다. 던지면 물에 가라앉던 것이 튕긴다. 당연히 신기하게 느껴질 것이다. (그때에 마음으로 본다면)

그렇게 생각하며 다시 갈 길을 갔다. 드디어 돌다리가 보인다.

이 돌다리는 튼튼한지 안 튼튼한지는 모르겠지만 저렇게 사람이 많아도 버티는 걸 보니 튼튼한 것 같다. (뭐 튼튼 안하면 안 되지)

여름철에 나무그늘이 만들어질 때가 있는데, 그래서인지 여름에도 이 다리에는 사람들이 많다. 그리고 무엇보다 분수 때문이 아닐까라는 생각도 해본다. 이 분수를 보자니 시원한 느낌이 든다. 여기서 봤을 때 크지는 않지만 여름이나 무더울 때 두류공원을 찾아오시는 시민들의 더위를 한풀 꺾어 드린다. 이 얼마나 좋은 분수인가! 이 호수에는 분수 가 몇 개 있는지는 모르겠으나 물줄기가 여기저기서 보이니 많이 있다 고 생각된다.

분수를 보고 있자니 또 옛 생각이 떠오른다. 내가 무지개를 처음 본 것은 분수에서였다. 그 무지개는 크지는 않았지만 나에게는 참 많은 의 미의 무지개이다. 손에 잡힐 것 같지만 잡히지 않는 그런 무지개를 보 면서 나는 이런 생각을 했는지도 모른다. '멋지다.' 그냥 멋진 것이다.

다시 생각해 보면 방금 지나친 다리가 무지개처럼 되어 있다. 색만 빨주노초파남보로 색칠한다면 아마 무지개와 같은 다리가 만들어질 것이다.

　이런 생각에 빠져 있는데 꽥꽥이는 소리가 들렸다. 역시 오리였다.
근데 오리를 보면 매번 신기하다고 느끼는 것이, 물살이 옆으로 사진처
럼 퍼지는 것이다.

　어떻게 하면 저렇게 되는 건지? 그런데 생각해 보면 여기에 오리가 있는 것을 보면 이 호수의 물은 깨끗하다는 소리가 되는 것이다. 우리 대구 시민들이 이 호수는 잘 지켜왔다는 것이다. 그렇기에 이렇게 물고기들이, 이렇게 경악할 만큼의 물고기 숫자는 뭐냐?

　덩치가 큰 물고기들을 보니 '살 좀 빼라'라는 생각이 든다. 큰 물고기들은 이상하게 과자를 던져 줘야 등장을 해서 사진은 찍지 못했지만 그래도 위로 올라오는 것을 보니 참 귀엽다.

　예전에 내가 물고기를 키운 적이 있었다. 시골에서 잡은 민물고기를 말이다. 개구리도 덤으로 있었는데 개구리는 이상하게 먹이를 안 줘도 살았다. 날이 갈수록 물고기들은 커져 갔고 나는 먹이 양을 늘렸다. 하지만 그것은 나의 착각이었다. 먹이 양을 늘리니 고기들이 배가 터져서 죽어 버렸다. 그 후로 나는 뭘 키울 자신이 사라져서 무언가를 키워본 적이 없다. 애완동물을 키워본 사람은 알겠지만 키우던 동물이 죽으면 슬프다. 이건 나도 마찬가지였고 그 죄책감 때문인지 그 이후로 동물을 못 키운 것 같다.

이런 저런 생각을 하고 있는 사이 처음 보는 조류가 물가에 서 있었다. 어떤 이름의 새인지는 모르나 왠지 모르게 물고기를 잡으려는 것 같았다. 하지만 여기 물고기가 좀 커야지. 아마 새는 입맛만 다시고 떠날 거 같다. 이 새의 종이 뭔지 궁금했으나 이것만으로 찾아내는 것도 힘들 것이다. 살다가 다리 긴 새는 오늘이 처음이다. 도시에서는 비둘기가 제일 흔하고, 시골에는 역시 닭이다. 그러니 어쩔 수 없다고 볼 수밖에 없다.

조금 더 걸으니 우방타워가 보인다. 내가 제일 처음으로 갔던 놀이공원이다. 처음으로 놀이공원에 간 것이 5~6살일 때였던 것으로 기억한다. 그때는 나이랑 키가 맞지 않아 롤러코스터라든가 바이킹 이런 것은 타지 못하고 부모님과 함께 회전목마 정도를 탔던 것 같다. 하지만 지금 와서 생각해 보아도 무슨 재미로 회전목마를 탔는지는 기억이 안 난다. 옛 추억을 떠올려 우방타워에 들어가 보려고 했지만 돈도 없고 바쁘고 하니 나중에 기회가 되면 다시 한 번 가보아야겠다. 나는 타워가 보이는 곳을 떠나 또 다시 다른 분수가 있는 곳으로 가 보았다.

이번 분수는 나무와의 조화, 그리고 물줄기를 동시에 해내는 분수다. 이렇게 보면 두류공원에는 자연과 어우러진 건축물들이 많다. 이 분수가 지금 본 분수 중에서 가장 멋진 것 같다. 나무와 이렇게 잘 어울리는 분수는 오늘 처음 보기도 했고 높이 솟아오르는 물줄기가 아니라 퍼지는 형식의 분수였기 때문이다. 어렸을 때도 여기도 자주 올 걸. 지난 과거를 후회해 봤자 돌아오는 것은 없다.

앞에서 말했다시피 여기서는 거의 놀지 않았다. 내가 놀았던 곳은 자전거용 도로가 깔려 있는 그런 곳이었다. 생각해 보면 자전거를 처음으로 탄 곳이 여기이다. 두류공원에는 2인용 자전거가 있는데 이것을 아버지와 함께 탄 적이 있다. 하지만 바로 돌려주었다. 내가 그때는 발이 닿지 않았기 때문에 그래서 어린이용 자전거를 빌렸고 수십 번을 넘어진 끝에 자전거를 타게 되었다.

지금 와서 생각해 보면 웃긴다. 다리가 짧아서 못 탔다니 그때는 어려서 왜 반납하는지도 몰랐다. 이런 식으로 나의 성장과정을 떠올리려니 머리가 아팠다. 머리 쓰는 것은 별로 안 좋아하므로 다른 곳을 보러 갔다.

대구 문화 예술 회관이 보였다. 돌에 인상적이게 써져 있는 걸 보니 어지간히 좋은 곳이구나 생각을 했다. 그런데 문득 생각해 보니 산에서는 어두워지려고 하는데 두류공원을 내려오니 드디어 해가 지는 것을 볼 수가 있다. 시차가 나는 것도 아닌데 왜 이럴까라는 생각을 해보았다. 두류산에서 내려올 때만 해도 6시 30분은 넘은 줄 알고 내려 왔다. 하지만 정작 문화 예술 회관에 있는 큰 시계를 보니 6시 10분. 뭐 어쩔 수 없이 여기에서 시간을 때우기로 했다.

그런데 이 건물에 붙은 공지를 보니 오늘 밤에 야외음악당에서 국제 페인팅대회를 한다는 것이었다. 보고 싶었지만 시간이 되지 않으므로 결국 보지 못했다. 아쉬움이 남기는 했으나 원래 계획에도 없던 것이니 어쩔 수가 없다.

생각해 보면 두류산보다 두류공원이 더 큰 것 같다. 지금 좀 오랜 시간을 들여서 두류공원을 돌기는 했으나 반도 못 돌았다. 오늘 여정은 여기서 마감을 하고 10월 11월에 있을 농악을 기대하고 돌아왔다.

거의 한 달 만에 두류공원을 다시 찾아왔다. 나는 저번에 갔던 방향과 다른 방향으로 가보았다. 도로 쪽으로 나 있는 길이었는데 곧 원하는 곳으로 왔다.

　물이 떨어지는 벽. 이곳이 내가 처음으로 두류공원에서 본 광경이자 장소이다. 5살 때 야외음악당에서 열리는 공연을 보기 위하여 가족들과 같이 왔었다. 그때에는 이것이 타는 것인 줄 알았다. 이것을 뭐라고 표현해야 좋을지는 모르겠으나 첫 시작점도 여기서 했어야 한다고 지금 후회하는 중이다. 하지만 지금 와서 생각해 보아도 이 벽은 잘 만든 것 같다. 나를 시원하게 해주는 물결이 튀고 내려오는 물들은 자연스럽게 떨어진다.

나는 능선을 올라 야외음악당 앞에 도착하였다. 많은 사람들이 여가를 즐기려고 왔다. 야구를 하는 아이와 아버지도 보이고, 배드민턴을 하는 연인도 보인다. 나도 여기서 가족들과 돗자리를 펴고 공연을 보았었다. 그때 아마 누나가 가장 좋아했던 거 같다. 그때 나는 오로지 관심이라고는 불빛이 번쩍거리는 야광막대기 이것에만 있었다. 내 또래 아이들도 많이 있었는데 그 아이들은 봉을 들고 있는 아이들이 대다수였다. 그래서인지 나도 가지고 싶어 했고 결국 샀다. 좀 더 빛이 나기를 바라는 봉이었지만 이내 불은 꺼지고 나의 열기도 꺼졌다. 아~

원하는 것은 아니었지만 아쉬움만이 남았다. 그런데 지금 와서 보니 야광봉은 이제 보이지 않고 거리의 장수들은 뻥튀기를 팔고 있다.

어릴 적에 나는 뻥튀기를 좋아했다. 별맛은 없지만 먹는 느낌이 좋아서인지 아직 까지도 좋아하고 있다. 뻥튀기는 의외로 양이 돼서 오랫동안 먹을 수 있는 장점이 있다. 그런데 참, 근래에 와서 뻥튀기를 먹어 본 기억이 없다. 그래서 먹고 싶었지만 오늘도 돈이 없는 관계로 나중에 먹기로 했다.

좀 더 걸으니 제법 넓은 도로가 보인다.

이곳은 산책로와 다르게 도로가 깔려 있고 나무가 잘 조성되어 있는 곳이다. 지나가는 사람들을 볼 수 있고 적당히 벤치가 있어서 두류산 산책로보다는 나은 환경인 것 같다. 그 증거로 두류산 산책로에서는 사람들을 거의 볼 수 없었지만 여기에는 정말로 많은 사람들이 보인다. 사람의 훈기와 이야기와 손때가 묻어 있지만, 역시 공기는 도심과는 많이 다르다. 도심에서의 매연은 장난이 아니구나 하는 생각이 들었다.

도보에서 빠져나온 나는 그때 갔었던 문화 예술 회관에 가려고 했다. 그렇지만 역시 두류공원에 온 이상 2·28기념비에 한번 정도는 가줘야 한다. 왜 세워졌는지는 나도 잘 모른다. 내가 그 시대에 살지 않았기 때문에. 하지만 같은 민족으로서 자부심을 느낄 수 있는 운동이었다라고 부모님이 말씀하신 것이 기억난다.

이렇게 대구에 많은 것을 알지는 못하지만 그래도 대구의 한 사람으로서 대구에 추억을 간직한 한 사람으로서 나는 대구에서 살고 싶다.

이번에는 솟대광장으로 가보았다. 나를 잡아 이끄는 많은 솟대들이 있다. 솟대는 책의 사진으로만 보았지 이렇게 실제로 보는 건 처음이다. (솟대광장이 있는지도 몰랐다.) 가까이 가서 만져보고 싶었지만 울타리가 쳐져 있는 것으로 보아 아마 건드리지 말라는 의미로 보인다. 하늘을 바라보고 있는 솟대의 얼굴을 따라 나도 하늘을 바라보았다. 맑게 갠 하늘을 보고 있자니 떠다니는 구름들이 부러워진다.

저렇게 하늘에 떠 있다면 어떤 느낌일까? 나는 잠시 누워 생각해 보았다. 과연 하늘에 가장 가까워질 방법은 무엇일까? 답은 당연히 나오지 않는다. 나 자신이 원하는 일이기는 하지만 실천이 불가능하다. 꼭 하늘과 가까워질 수 있기를 솟대에 빌고 나는 일어섰다.

나는 문화 예술 회관을 향하여 걷는다. 이제 곧 농악이 시작되기 때문이다. 기대되는 마음으로 빠른 발걸음을 옮겼다. 문화 예술 회관에 도착하고 나니 많은 인파가 보인다. 그 중간에는 북, 장구, 소고, 꽹과리, 징 등 사물놀이 때 쓰이는 악기들이 눈에 띄었다.

　지금 하고 있는 것은 고산농악으로 무척 흥겨운 음악이다. 예전에는 이런 노래로 힘든 것을 잊었다고 하니 참 신비로운 음악이기도 하다.

　상모를 돌리는 사람들은 젊은 사람들이었다. 이렇게 우리나라의 농악에 대해 생각하는 젊은 층이 있다는 것이 놀라웠다. 그리고 연세가 많으신 어르신들도 장장 1시간 넘게 길놀이를 하시면서도 지치는 기색도 없이 즐겁게 하고 있으신다.

　고산농악은 두류공원으로 퍼져 이내 더 많은 인파를 모았다. 고산농악의 운율은 내 가슴 속까지 찾아와 나의 마음을 즐겁게 해주고 우리 음악의 보존 가치를 느끼게 한다. 갑자기 애국 청소년이 되나 보다.

　나는 이 고산농악을 들으며 생각해 보았다. 내 추억을 찾아 떠나는 두류공원 여정은 '나의 추억 찾기'에는 빗겨나간 부분도 있지만 많은 것을 얻었다. 영원히 잊어버리는 추억은 없고 잊어버린 추억은 찾아야 한다는 것, 그리고 우리 모두가 쓰는 공공시설은 우리가 가꿔가야 한다는 사실을.

　추억을 찾아 떠나보는 것은 참으로 소중한 여행이다. 떠올리기 싫은 기억들도 있겠지만 즐거운 기억들도 있을 것이다. 시원한 가을바람을 맞으며 나는 또 다른 추억을 찾으러 간다.

외출

김민규

김민규는?

협성중학교 3학년

언제부턴가 글쓰기가 좋다. 누군가가 내 글을 읽고 있었고 감동적이었다는 짧은 평가를 듣는 순간, 글을 쓰고 싶었다. 책도 쓰고 싶었다. 언젠가는 내 책을 내겠다는 생각이었는데 이렇게 빨리 올 줄 몰랐다. 책쓰기를 하며 많은 것을 얻었다. 자신감이 생긴다.

　두류공원에는 문화예술회관이라는 곳이 있다. 여기에서는 여러 가
지 문화행사가 열린다. 나는 예술 같은 쪽에는 관심이 좀 멀어서 인지
이곳에 는 한 번도 들어가 본 적이 없다. 나와는 상관이 없는 먼 곳처럼
늘 지나쳤다. 그러나 이번 외출엔 큰 용기로 어마어마한 성으로 들어가
고 싶었다. 들어가기도 전에 조형물들이 벌써 맘에 든다. 그저 예뻐서
사진기 셔터부터 눌러대기 시작했다.

　난 이런 걸 보고 비평을 한다거나 작품에 대한 평가 같은 건 내릴 줄
모르지만 이걸 보면 왠지 이 작품의 주제는 알 수 있을 것 같다. 남녀의
화합? 남녀의 조화라 해야 할까? 주제를 잘 표현한 작품인 것 같다. 누
가 이 작품을 만들었는지는 나타나 있지 않아서 모르겠지만 이런 것들
은 대체 어떻게 만들 수 있는 걸까? 난 정말 예전부터 궁금해 왔었는데
이런 조형물들을 보면 먼저 드는 생각이 어떻게 이걸 만들었을까 하는
것이다. 돌은 어떤 걸 써야 되고 또 어떻게 깎아야 하고……. 되게 힘들
것 같은데 정말 기회가 생긴다면 이런 걸 하나쯤 만들어 보고 싶기도
하다. 그래서 내 이름을 새기는 거다. 그럼 난 예술가가 되는 거겠지?
언제쯤에야 그러한 때가 올려나?

　이걸 처음에 볼 때 엄청 무서웠다. 사람이 얼굴이 없다. 손가락이 무슨 귀신같이 길고 다리도 엄청 짧다. 이 사람은 분명 몸에 장애를 가진 사람이다. 그렇게 되면 이 작품이 표현하는 바는 장애의 슬픔 정도가 될까? 왠지 이상한 분위기가 나는 작품이지만 또 이상하게 끌리는 작품이라고 말할 수 있을까? 그리고 긴 손가락과 머리가 없다는 게 정말로 인상적인 작품이었다.

　두류공원에서 정말 오랜만에 여러 가지 조형물들을 봤는데 평소에는 내가 느낄 수 없었던 다른 느낌을 많이 받았다. 작품을 보고 내 나름대로 느낌도 받고 생각이란 것도 할 수 있었고, 작품을 만든 사람의 마음도 알 수 있었던 것 같다. 매일 반복된 생활 속에서만 살다가 이런 예술적인 작품을 가끔씩은 보는 것도 마음을 안정시키는데 도움을 엄청 많이 줄 거라는 생각이 든다. 나는 한 번도 해본 적 없지만 주말 동안 가족과 함께 문화예술회관이든 아니면 가까운 전시관에라도 한번 가보는 것도 좋은 경험이 될 것 같다. 한 주 동안 받았던 스트레스도 다 풀리고 편안해진 마음으로 다음날을 시작할 수 있지 않을까?

　여기는 대구 관광 정보센터다. 대구 관광 정보 센터라, 뭔가가 있을 법한 분위기인데? 대구의 관광 정보를 가르쳐주는 곳이겠지라고 대충 짐작은 가지만 뭔가 특별한 것이 있다는 느낌이 팍팍 드는 이 상황은 무어란 말인가? 일단 들어가기나 해 보자.

　안에는 뭔가 특별한 것이 있었다. 안에 들어가니까 내 앞에 바로 보이는 건 골동품 판매점 비슷한 게 있었다. 난 문을 열고 고개를 들자마자 깜짝 놀라버렸다. 내가 평소에는 한 번도 볼 수 없었던 것들이 온 구석구석을 다 매우고 있고 또 예쁘기는 얼마나 예쁘던지 눈을 어디에 돌리든 멋진 작품들이 즐비했다.

나무 위에 매달려 있는 나에게
왜 날지 못하느냐고

저 푸르디푸른 하늘 위로
왜 날지 못하느냐고

물방울같이 투영한 눈으로
푸른 하늘같이 순수한 맘으로
정녕 내개 물으신다면
나는 내 다리에 걸린 나무
다 풀어 던져 버리고

하늘에 걸린 구름 속으로
훨훨 날아올라서

구만리 창공 위에
한 점 부끄럼 없는 내 날개
마음껏 펼쳐 보이리라.

　두류공원엔 자전거를 탈 수 있는 곳과 인라인스케이트를 탈 수 있는 곳이 있는데 내가 사진을 찍었던 날엔 인라인 타는 곳엔 사람이 거의 없었다. 그리고 자전거 타는 곳엔 아이들이 꽤나 많았다. 나도 예전에 여기에서 자전거를 엄청 타곤 했었는데. 옛날에는 친구들과도 많이 오고 가족과도 많이 왔었다.

　지금은 바닥에 뭔가가 깔려 있었지만 내가 한창 자전거 탈 때는 모래만 있어서 넘어지면 엄청 아팠다. 한번은 동생이랑 같이 와서 자전거를 타는데 속도가지고 내기를 해서 엄청 달리고 있었는데 앞에서 달리고 있던 자전거를 엄청 잘 타시는 아저씨랑 박는 사고를 내버렸다. 야단을 맞을 줄 알았었는데 아저씨는 혼내지도 않으시고 우리한테 자전거 잘 타는 법도 가르쳐 주시고 그랬었다. 그 땐 그 아저씨가 마치 하늘에서 내려온 천사같이 느껴졌다. 아저씨께 그때 고맙다고 인사라도 드릴 걸 하고 뒤늦은 후회를 해본다.

　그리고 한번은 외갓집 친척들이랑 모두 같이 왔는데 우리가 돗자리를 깔려고 하자 어떤 할머니께서 못 깔게 하셔가지고 우리 가족이랑 엄청 싸웠지. 주변에 사람들이 다 볼 정도로. 역시 우리 외갓집 식구들은 기가 얼마나 센지 한번 싸우면 못 이길 사람이 없다. 결국은 우리가 이겨서 우린 돗자리를 깔고 재밌게 놀았던 기억이 난다. 가끔씩 여기를 오면 자전거를 타고 싶어서 빌리기도 했는데…….

정말 두류공원이란 곳은 나에게 가장 추억이 많은 곳이고 그 중에서도 자전거는 아직까지도 내 기억 속에 또렷이 남아 있는 제일 큰 추억이 아닐까 한다. 어렸을 때의 추억이 가득한 곳. 다음번에 올 땐 예전처럼 자전거 한번 신나게 타봐야겠다.

2·28 기념탑 바로 건너편에 있는 인물 동산이다. 나는 두류공원 근처에서 지금까지 살아왔지만 인물 동산이란 곳은 한 번도 들어본 적도 본 적도 없었다. 두류공원은 적어도 10번은 와 본 것 같은데……. 신기할 따름이다. 이렇게 보면 두류공원은 참 신기한 곳이 아닌가? 그렇게 많이 돌아다녀도 또 새로운 것이 있으니 말이다. 하여튼! 인물 동산이면 꽤나 인물들이 많을 것 같은데 여기에는 또 어떤 분이 날 기다리실까?

　여기에 앉아 계시는 분은 이상화 선생님이라고 돌 위에 적혀 있었다. 아마 여기 인물 동산에 계신 분들은 모두 다 대구 출신이신 것 같은데, 그렇다면 이상화 선생님이 대구 출신? 빼앗긴 들에도 봄은 오는가를 지으신 작가분이 대구 출신이라고? 나는 놀라지 않을 수 없었다. 내가 배운 교과서에도 이상화 선생님의 이름이 적혀 있고 내가 보던 시집에도 이상화 선생님의 이름이 있는데 그분이 대구 출신이라니. 공부 시간에 내가 좀 졸았나.

　이상화 선생님 옆에는 커다란 돌이 하나 있었는데 거기에는 현진건 문학비라고 쓰여 있었다. '운수 좋은 날'의 작가이신 현진건 선생님도 대구출신이구나 하고 생각하니 내가 그 분들의 후손이라는 게 자랑스러울 따름이었다. 이 두 분 선생님들 외에도 훌륭하신 분들의 동상이 엄청나게 많았다. 여기에 앉아 계시고 서계신 분들은 모두 우리 대구를 전국에 알리신 분들이신 것이다.

　대구에는 정말로 많은 위인들이 계셨다는 생각이 들어서 내 자신이 자랑스러워졌다. 내가 앞으로 살아갈 많은 날들 동안 나도 저분들처럼 노력하고 성공해서 나중에 나도 꼭 이곳에 내 이름을 새겨지기를 바라본다.

　내가 두류공원에서 본 조형물 중에 제일로 예뻤던 것 같다. 앞에 꽃
들과 같이 어우러져 있는 세 개의 탑은 정말로 예쁜 탑이었다. 특히 앞
에 있는 두 사람들이 너무 귀여웠고 어깨동무를 하고 있는 모습이 인상
적이었다. 여기에 있는 이 탑은 사범학생 독립운동 기념탑이라고 탑 앞
에 적혀 있었다. 대구 사범학교 학생들은 일제의 교육적 탄압에 대항해
서 여러 단체를 조직했다고 한다.

두류공원 전체는 성당 못이라는 큰 연못을 중심으로 이루어져 있다. 두류공원 옆으로 이어지는 산책길을 걷다 보면 귓가에 들리는 분수 떨어지는 소리에 저절로 고개를 돌리게 된다. 나무 사이로 보이는 연못의 풍경은 정말로 아름답다. 대구에는 이런 연못이나 신천 같은 곳들도 많이 있지만 나에게 있어서 가장 친숙하고 예쁜 곳은 성당 못일 것이다. 내가 정말 어렸을 때엔 엄마 손을 잡고 성당 못을 구경하곤 했었는데 지금은 나 혼자이니 조금은 외롭다는 느낌도 든다. 그렇지만, 내가 지금 외롭다고 해도 성당 못은 여전히 예전의 아름다움을 간직하고 있다.

　2·28기념탑에서 안쪽으로 걸으면 넓어도 너무 넓은 잔디밭이 하나 나오고 그 앞에 무대가 있다. 여기가 대구 야외음악당이다. 이곳엔 엄청나게 큰 잔디밭이 있어서 여름이 되면 엄마, 아빠와 같이 돗자리 들고 와서 뛰어노는 아이들의 웃음소리가 끊이지 않는 곳 중의 하나이다. 또 가끔씩 야외음악당에서 하는 공연들은 우리들의 눈과 귀를 즐겁게 한다.

　조금 멀리서 떨어져 보면 애들이 땅바닥에서 새는 물을 막으려는 것 같이 보이는 것 같다. 그런데 물은 아무리 막으려 해도 자꾸 새어 나가 버린다. 가서 물을 막는 걸 도와주고 싶은 마음이 든다. 어쩌면 여름의 주말이 세상에서 가장 아름다운 날일지도 모르겠다. 아이들의 순수함을 제일 잘 볼 수 있는 날들이 여름이 아닐까 한다. 우리들 중에 뿜어져 나오는 물에 몸을 던질 수 있는 사람은 아마 없을 것이다. 우리는 아무도 할 수가 없지만 아이들만이 할 수 있는 것이다. 그만큼 아이들의 깨끗하고 맑은 마음은 소중하고 아름다운 것이 아닐까 오늘 또 생각해 본다.

처음에 이 무대를 보면서 느낀 건 지붕이 참 예쁘다는 것이었다. 저걸 지붕이라고 말하는 건지 아닌지는 내가 알 수는 없지만 처음 이곳을 보고 가장 인상이 깊었다. 왠지 엑스코 지붕처럼 이렇게 휘어 있는 곡선의 지붕은 직선보다는 안락해 보이고 부드러운 느낌을 주는 것 같다. 나중에 내가 늙어서 살 집을 짓는다면 아마 지붕은 곡선으로 지어져 있겠지? 내가 갔을 때 공연 같은 걸 준비하는 것처럼 보였는데 공연을 하지는 않았다. 아마 공연을 한다면 정말로 보고 싶었는데……. 가끔 두류공원에서 공연을 하게 되면 대부분은 여기에서 공연을 하는 것 같다. 그런데 나는 여기서 하는 한 번도 보지 못했다. 그냥 멀리서 불꽃놀이만 보고 "우와, 예쁘다." 하고 하늘만 쳐다보고 있고. 가까이 있으면서 왜 보러가지 못했는지. 후회만 될 뿐이다.

　요즘 갑자기 두류공원에 보하라 파크라는 곳이 생겼다. 나도 사진 찍으면서 보하라 파크라는 곳이 생긴 걸 알았다. 그런데 이곳을 처음 보자마자 너무 예뻤다. 앞에 들어가는 입구는 이렇게 되어 있다. 옆의 넝쿨과 너무 잘 어울려져 있지 않나? 대구에서 보하라 파크 같은 것만 지어준다면 나는 대구에 사는 행복한 시민이 될 수 있을 것이라 굳게 믿어 의심치 않는다. 보하라 파크라는 이름은 어떤 의미일까? 보하라, 보아라. 보하라 공원 이런 뜻이 되려나? 여하튼 일단 빨리 들어가 보기나 하자.

감탄사가 절로 나온다고 해야 할까? 정말 이런 곳은 처음 와본 것 같아서 진짜로 세상에는 내가 보지 못한 곳들이 엄청나게 많을 거란 생각이 든다. 텔레비전에서나 이런 비슷하게 생긴 집을 보곤 했었지만 대구 두류공원에 이렇게 예쁜 파크가 생긴 것이 너무 좋고 반갑다. 텔레비전에 이런 집이 나오면 이런 곳에서 살고 싶다는 생각을 해왔지만 여기에서 차를 마셔보면 기분이 어떨까? 돈이 없어서 이 안에 들어가서 뭘 사먹지는 못했지만, 우리 집엔 베란다나 테라스가 없고 1층이어서 바깥을 위에서 밑으로 내려다본 적이 없는데 여기엔 베란다 같은 것도 있으니 차를 마시면서 바깥은 경치도 즐길 수 있으니 얼마나 좋을까.

　보하라 파크 옆에는 밖에서도 음식을 먹을 수 있게 만들어 놓았다. 그리고 여기서 제일 멋진 건 테이블 위에 우산을 놓아두었다는 것! 색색의 우산들이 햇빛을 가려주고 있다. 그리고 조금 떨어져 바라보면 우산들이 얼마나 예쁜지 모른다. 정말 어떻게 이렇게 꾸며 놓았는지 신기할 따름이다. 바닥도 되게 신기하게 해놓아서 어떤 무늬가 계속 이어지는 것이 무척 예쁘고 전체적 느낌과도 잘 맞는 것 같다.

　보하라 파크 뒤쪽에는 또 판다들이 앉아서 놀고 있었다. 몰론 움직일 수도 없고 말할 수도 없는 판다들이었지만 그래도 꽤나 귀여웠다. 판다들 옆에는 대나무가 엄청 많이 있어서 멀리서 보면 진짜 판다로 착각할 정도였다. 근데 앉아 있는 판다들을 보면서 든 생각인데 여기에다가 아주 작은 동물원 같은 걸 만들면 어떨까. 귀엽고 아기자기한 여러 동물들을 가지고 와서 사람들이 보면서 즐길 수 있도록 말이다. 앉아 있는 판다들도 귀여웠지만 실제로 귀여운 동물들이 있었으면 더 좋을 텐데 하는 아쉬움이 들기도 했다.

　두류공원의 호수, 성당 못의 모습이다. 성당 못 안쪽을 돌아다니다
보니 이런 곳도 있었다. 성당 못 안에서도 이런 계곡 같은 곳에서나 볼
수 있는 느낌의 사진을 찍을 수 있다는 게 신기했다. 만약에 물이 더 많
이 흘렀더라면 하는 아쉬움도 들지만……. 내가 너무 큰 기대를 하는
건가. 성당 못은 호수인데 물이 세게 흐를 리가 없지!

　두류공원 안에서 산책로 옆에 조그마한 길들은 거의 산 쪽으로 올라
가게 되어 있다. 그래서 가끔씩 사람들이 등산을 하기도 한다. 그리고
산길로 산책하는 사람들도 많다. 난 이 길로 올라갔다가 한번 길을 잃
어버려 고생을 엄청 했었지 아마. 생각하기도 싫은 추억이 되어버렸다.
하지만 저기 벤치에 앉아 있는 사람들처럼 이렇게 산 위를 올라와서 벤
치위에서 살짝 휴식을 취해 주는 것도 좋을 것 같다. 상쾌한 공기도 마
시면서 아름다운 경치도 보면서 말이다. 어쩌면 우리들 마음속에서도
힘들고 어려울 땐 가끔 휴식을 가져보는 것도 어떨까 한다. 그 휴식 속
에서 우리는 앞으로 나아갈 일에 더 큰 힘을 찾을 수 있을 것이다. 그리
고 그 휴식의 공간에 두류공원이 있으리라 믿는다.

신천

배상윤

배상윤은?

협성중학교 3학년

신천을 걸으며 엄청나게 감동을 받았다. 모든 이에게 신천을 자랑하고 싶다. 더 나아가 이 신천이 친환경적으로 잘 조성된 대구의 명소가 되었으면 좋겠다. 책쓰기를 통해 대구를 더 사랑하게 되었다. 큰 행운이다.

　나는 신천에 가보고서야 비로소 사람들이 왜 신천을 가는지를 알 수 있었다. 사람들은 주말에 집에서 시간을 무료하게 보내지 않고 자신의 건강도 챙기고 마음의 휴식을 가지며 즐거운 여가시간을 보내기 위해서 신천에 오는 것 같았다. 사람들 중에서 자전거나 걷기를 통해서 시원한 공기를 마시면서 운동을 하는 사람이 있는 반면 가족과 함께 와서 수다를 떨면서 즐거운 시간을 보내는 사람도 많다. 나는 대구의 많은 사람들이 휴식의 장소로 신천을 택하는 걸 봐서 신천이 휴식을 갖고 삶의 재충전의 기회를 가질 수 있는 훌륭한 휴식처이며 자연의 공간임을 느낄 수 있었다. 그래서 나는 사진을 찍을 때 사람들의 모습을 중점적으로 찍었고 더불어 신천에서만 느낄 수 있는 자연의 아름다움도 함께 담아내려고 나의 모든 정성과 시간을 다하여 사진을 찍었다.

　지금부터 사진마다의 느낀 점을 중심으로 글을 완성해 나갈 것이다. 그 글들이 종합하면서 하나의 완성된 수필을 내가 쓸 수 있는 것이다. 즉, 내가 사진작가가 되어 나만의 여정을 글로 써 낼 수 있다는 말이다.

　　몇몇 사람들이 강을 건너기 위해서 돌다리 위를 걷고 있다. 멀리서 찍은 사진이지만 나에게는 상당히 기억이 많이 남는 사진이다. 돌다리 뒤를 보면 차들이 도로 위로 지나가고 있고 건물, 아파트 등이 밀집되어 있음을 볼 수 있다. 그리고 강물을 보면 건물 등이 반사되어 보인다. 또, 강가 옆에는 꽃과 잔디가 있다. 그런 총체적인 모습이 신천의 아름다움을 만든다.

　세 명의 아이들이 보인다. 아마도 초등학교 저학년생일 것이다. 개
한 마리는 나무에 가려서 잘 보이지는 않지만 작은 개도 같이 찍혀 있
다. 나도 예전에 저 아이들처럼 개들이랑 놀았던 경험이 많았지만 지금
은 많이 잊혀진 것 같다. 천진난만하고 순진했던 예전이 갑자기 그리워
진다. 만약 세월이 돌아갈 수만 있다면 실컷 놀 수 있을 텐데. 요즘은 마
음껏 놀 수 없는 것이 오늘날의 현실이다.

　　자전거를 타면서 운동을 하는 사람들은 나에게 특별한 인상을 심어
주었다. 그 이유는 지금은 아니지만 어린 시절에 자전거를 무척 좋아했
다. 누구 못지 않게 많이 타봤고 자전거를 타면서 다른 사람이 못 느끼
는 행복감을 맛보았기 때문이다. 옛 생각이 난다. 어린 나는 어머니께
좋은 자전거 사달라고 며칠간 조르고 떼쓰며 울었다. 어머니는 나의 모
습이 안쓰러운지 좋은 자전거를 사주셨고 나는 기뻐하며 자전거를 거
의 매일 타면서 좋아했다.

　자전거를 좋아하던 그 시절 주말이면 공원이나 신천에 나가서 자전거를 타고 아버지와 어머니는 그런 나의 모습을 뒤에서 지켜보시면서 흐뭇해 하셨다. 그런 나의 성장을 지켜보신 부모님께서는 어떤 마음이셨는지는 짐작해 볼 만하다. 자전거와 나는 아마도 떼어내어도 떼어낼 수 없는 소중한 관계임에 나는 자부한다. 자전거는 타면 탈수록 매력적인 존재이고 싫증도 잘 나지 않는 최고의 운동 기구이다. 자전거를 타면서 다리의 힘도 길러지고 공기를 마시면서 앞으로 질주하는 그 순간은 아마도 대부분이 행복해 할 것이다. 그렇기 때문에 신천에서 자전거를 타는 사람들이 나의 눈에 많이 들어온 이유가 아마도 그것이 아닐까? 신천에 갈 때 자전거를 타면서 구경하는 것도 좋은 방법이 아닐까?

오리가 강물을 헤엄친다. 이렇게 가까이에서 오리를 보게 되다니. 삼삼오오 모여서 물결을 헤엄치고 있다. 헤엄치면서 물결이 사방으로 퍼지고 있음을 눈으로 확인할 수 있다. 나는 내 나름대로 신기해서 똑같은 오리를 세 번이나 찍었다. 오리를 비롯한 동물들은 과연 인간의 마음을 이해할 수 있을까? 아마도 동물들은 이해하기 힘들 것이다. 하지만, 인간과 동물은 이 지구상에서 같이 존재하고 살아야 할 필연적인 관계이므로 서로가 공존해 나갈 필요가 있다. 특히 인간이 강물을 보호하고, 동식물들을 잘 보존해 나간다면 모든 만물들은 조화롭게 유지될 것이다. 우리 모두가 지역, 사회 더 나아가 세계의 환경을 보호하고 지킨다면 얼마나 좋을까? 신천을 걸으면서 한 번쯤은 인간과 자연에 대해 생각해 보는 것이 어떨까?

아! 한 폭의 그림이다. 우리 신천에서만 맛볼 수 있는 경치이다. 강물을 배경으로 주변 환경들이 한 폭의 그림이다. 특히, 신천 주위에 큰 나무가 많이 있어서 시원한 느낌도 얻을 수 있고 보기에도 상당히 좋다. 나무 밑에 정자가 있어서 걷다가 힘이 들면 앉아서 쉬어 갈 수 있다. 나무는 사람들에게 정말로 아낌없이 주는 것 같다. '아낌없이 주는 나무' 이야기도 있듯이 자신이 희생을 감수하면서도 남에게 아무런 대가를 바라지 않고 베푸는 행동은 우리가 사회를 살면서 배워야 할 자세인 것 같다. 부모님의 헌신적인 사랑도 자식을 무척 사랑하시기 때문에 더욱 나에게는 소중하다. 부모님들의 아낌없는 사랑을 나무 밑에서 생각해 보는 것도 좋을 것 같다.

신천이 보기보다 깨끗하다. 나는 처음에는 사람들이 신천에 자주 가기 때문에 신천이 오염될 거라고 생각했었다. 하지만 그러한 나의 생각은 내가 직접 사진을 찍으면서 다니다 보니 다르다는 것을 알게 되었다. 신천은 대구의 대표적인 친환경 장소인 것이 틀림없다.

　대구는 사람들이 많이 밀집되어 있기 때문에 상당히 환경이 오염되었고 각종 폐수가 강물에 버려지고 있고 게다가 관리도 많이 허술하기 때문에 환경이 많이 안 좋다. 하지만, 신천은 달랐다. 신천에 흐르고 있는 강물은 사진을 봐도 알 수 있듯 상당히 깨끗하고 버려진 쓰레기나 오염 물질이 거의 없다. 그만큼 신천이 잘 보존되고 있다는 증거이다. 공무원들이 국가에 대한 봉사자로써 책임을 다할 필요가 있는데, 그 중에서 환경을 개선하는 것도 상당히 필요하다. 환경이 개선되기 위해서는 높은 지위의 사람들이 관리를 주기적, 장기적으로 보호하고 관리할 때 가능하다. 하지만, 그런 사람들의 노력보다 더 중요한 것은 우리 모든 사람들의 노력이다. 지방 자치는 지역 주민들의 적극적 참여가 이루어질 때 비로소 궁극적인 목표를 달성할 수 있듯 환경도 우리 모두가 관심을 가지고 다 함께 노력할 때 보존될 수 있는 것이다. 아름다운 경치를 지닌 신천을 우리 모두가 작은 노력을 기울었을 때, 깨끗한 강물이 후손들에게 전해질 수 있을 것이다.

　사람들이 돌다리를 건너는 모습과 아이들이 놀고 있는 모습을 볼 수 있다. 아이들의 방정맞은 모습이 보이고 사람들이 돌다리를 건널 때 혹시나 강물에 떨어질까 봐 조심스레 걷고 있는 모습도 확인할 수 있다. 나도 돌다리를 건너보니까 위험하지는 않지만 강물에 떨어지지 않기 위해서 조심스럽게 건너야 했다. 왜냐하면 돌 사이의 틈새가 꽤나 벌어져 있어 자칫하다 발이 물에 대여 빠질 수가 있다. 하지만, 설령 빠진다 해도 강물의 수심이 얕기 때문에 생명에 전혀 지장이 없다. 그렇지만 몸 개그는 하지 않는 게 좋겠다는 쓸데없는 생각을 해 본다.

　개를 초점으로 찍은 사진으로서 뒤에 배경으로 신천이 흐르고 개 주인과 우산을 쓴 할머니를 볼 수 있다. 나는 개인적으로 개를 좋아하는 편이지만 예전에는 꽤나 무서워했었다. 할머니 집에 개 한 마리가 있었는데 작았지만 갈 때마다 무서워서 개를 피해 다닐 정도였는데 지금은 많이 나아져서 호감으로 바뀐 편이다. 그런데 신천에서 개를 볼 수 있어서 더욱 좋았다. 개는 오랜만의 외출에다 싱그러운 풀밭 때문에 얼마나 더 좋았을까? 신천에 갈 때 개를 같이 데리고 가는 것도 괜찮을 것 같다.

  저녁이 저물어가는 시간에 찍은 신천을 배경으로 한 정경이다. 신천
의 뒤에는 아파트 주거 단지가 들어서 있음을 알 수 있다. 신천이 워낙
유명하고 흔하지 않은 환경적인 공간이라 신천 주위에 사람들이 많이
몰려서 꽤 많은 아파트 단지가 들어선 것 같다. 예전에는 신천에는 공
장이나 가정에서 배출되는 폐수와 오물로 인하여 악취가 날 정도로 비
위생적인 공간이었지만 지금은 많은 시민들과 정부와 민간단체의 수
질개선 노력으로 인하여 생태계가 많이 복원되어 오늘날과 같은 친환
경적이고 살기 좋은 쉼터로 바뀌게 되었다. 사람들이 주거 공간을 선택
할 때에 많은 요소들이 있지만 그중에서 환경도 중요한 부분으로 인식
하고 있는 것 같다. 나도 나중에 사진과 같이 아름답고 조용하며 살기
좋은 친환경 공간에서 살고 싶다.

　　노란색의 해바라기와 푸른 잔디와 촉촉한 잎이 나의 이목을 끌었다. 특히 해바라기가 나에게는 특별하였다. 노란색의 꽃잎은 사람들에게 어떤 인상을 심어줄까? 나에게는 노란색이 평온하고 따뜻한 느낌을 준다. 시골이나 전원에서 자주 볼 수 있는 아름다운 꽃들을 도심에서 직접 보고 사진을 찍으니 실제로도 그러한 인상을 받았다. 난 평소에 자연과 벗한 시간이 없다. 그래도 틈틈이 여행을 다닐 때에는 꽃과 잎 등 소박한 자연물을 보면서 받은 느낌을 마음속에 간직하며 돌아온다. 신천을 걸으면서 나름대로 길 가에 있는 잔디, 잎사귀, 꽃 등을 유심히 살펴보며 자연과의 시간을 가지는 것도 좋은 것 같다.

　나는 평소에 이런 꽃들을 좋아하고 가까이에서 보는 것도 매우 마음
에 든다. 이렇게 아름다운 꽃을 사진으로 찍어서 글을 써보니 감회가
남다르다. 사진으로 찍은 꽃은 꽃의 모습을 그대로 남거나 현장감을 줄
수 없지만 실물의 느낌을 조금이라도 받을 수 있다. 계절이 가을이라
빨간 단풍잎이 물든 것도 알 수 있고, 물이나 토양도 조건이 좋아 꽃이
무럭무럭 많이 자라나 있다. 특히 사람들이 꽃을 사랑으로 대하고 보호
하는 마음도 꽃의 성장을 돕지 않을까 하는 생각도 든다. 꽃을 사랑하
고 아끼는 마음을 우리 모두가 가져 자연을 보존하는 환경인이 될 수
있으면 좋겠다.

　　신천의 공중화장실은 매우 중요한 공공재가 아닐까 하는 생각이 들었다. 단순히 화장실은 사람들이 변을 볼 수 있는 공간이 아닌 그 이상의 의미를 갖는다. 신천에서 사람들이 운동을 하고, 산책을 하면서 누릴 수 있는 공공시설이다. 그리고 사람들이 편안하게 휴식을 취할 수 있는 문화적 공간이기도 하다. 오늘날과 같이 고도로 문명과 문화가 발달한 시대에서 우리가 길가에서 흔히 대가 없이 시민 공동으로 누릴 수 있는 가장 흔한 시설이 바로 화장실이다. 화장실은 장소를 막론하고 어디에도 있을 만큼 중요하다. 나라를 방문하면 화장실 에티켓을 보면 사람들의 특성을 알 수 있다고 하듯이 화장실은 그 나라의 문화를 대표하는 상징성도 있다. 한 번씩 화장실이 문화의 공간이라는 인식을 해 볼 필요가 있을 것 같다. 시대별로 어떻게 화장실이 다른지도 생각해 보는 계기가 되었다.

사람들이 운동하는 모습을 볼 수 있다. 신천에서는 다양한 운동을 할 수 있는 것 같다. 그냥 산책이나 자전거 타기도 좋지만 대구시에서 마련한 운동 기구 등을 이용해서 운동을 하는 것도 상당히 좋고, 배드민턴 등 간단히 즐길 수 있는 가족 스포츠도 할 수 있어서 신천은 건강을 챙길 수 있는 유익한 공간이다. 또한 가족과 함께 주말을 즐겁게 보낼 수 있는 여가 활동의 공간이기도 하다. 집에서 앉아서 따분하게 TV를 보는 것 보다 바깥 공기를 마시며 생활의 재충전의 기회를 가질 수 있는 신천으로 가는 것이 어떨까? 그 대답은 이 글을 읽고 있는 독자의 판단이지만 내 글을 읽으면서 신천으로의 여행을 생각해 보았으면 더욱 좋을 것이다. 사진만으로는 못 느끼는 신천의 아름다움을 직접 보면 감회가 새로울 것이다. 나는 대구의 모든 사람들이 신천을 아끼고 신천과 주말을 한 번쯤은 보내기를 간절히 바란다.

　　신천을 둘러보면서 어디 나다닐 데가 있는 곳에 사는 대구 사람들은 복이 많다고 생각했다. 일과 후 저녁을 먹고 가벼운 옷차림으로 나설 수 있는 곳이 신천이다. 혼자서도 좋고, 친구라도 있으면 더욱 좋을 것이다. 부모와 아이들의 손을 잡고 나서거나, 아니면 예쁜 강아지와 산책을 나오기라도 하였다면 더욱 즐거운 곳이 아닐까.

　　신천은 바로 우리 대구의 자연이요, 낭만이며 여유와 휴식의 공간이다. 이러한 신천이 흐르는 우리 대구는 축복받은 도시가 틀림없다.

시티 투어

서원기

서원기는?

협성중학교 2학년

생각이 많다. 말이 많다. 아이디어가 많다. 그래서 글을 쓰기로 했다. 잘했다. 생각이 글이 되고, 말이 글이 되고, 아이디어가 글이 되어 나를 완성하는 것 같다. 글쓰기가 그리 나쁘지 않다.

1. 아침

    나는 대구 사람이다. 막연히 대구에서 살고 있다는 걸 넘어 완전 대구 사람이다. 출생부터 현재까지 대구에서 계속 살아왔으며, 또한 대구의 명문가 달성 서씨 가문의 한 사람이다. 이만하면 완전 대구 토박이라 말할 수 있지 않을까? 그러나 나는 현재의 대구도 잘 모를 뿐더러 옛날 대구에 대해서도 아는 것이 없다. 그러므로 나의 고장, 나의 향토 대구를 알기 위해 아버지께 부탁하여 대구의 옛 문화를 돌아보자고 부탁했다. 흔쾌히 승낙하신 아버지의 차에 올라타 첫 번째 목적지로 향했다. 아, 참 카메라는 꼭 챙기고. 어디선가 은은한 향기가 나는 듯한데, 내가 잘못 느낀 건가?

2. 굿모닝! 달성공원

　차는 이 길 저 길을 가다 내가 원하던 목적지에 도착하였다. 그 곳은 나의 뿌리라고 할 수 있는 달성공원! 입구는 웅장한데 매표소에 붙여져 있는 요금 무료라는 알림은 묘하게 언밸런스하였다. 막상 달성공원에 카메라 하나 달랑 들고 들어가자마자 느낀 것은 다름 아닌 동물의 배설물 냄새였다. 정문 바로 옆쪽에 동물원 사육사가 있는 관계로, 입구부터 암모니아의 냄새가 코를 찔렀다. 바로 이 녀석들이 냄새의 주범이다.

　이곳에는 박정희 대통령께서 기증하신 꽃사슴도 있다고 적혀 있었다. 뭐 특별히 중요한 내용은 아닌 것 같으니 패스. 주위를 둘러보니 많은 긴 의자와 나무, 이 근처에서 바쁜 삶을 살고 계시는 주민들의 좋은 쉼터가 될 수 있을 것 같다. 벌써 많은 분들이 같이 오신 분들과 담소를 나누거나, 긴 의자에 누워 단잠을 자고 계셨다.

주위에 있는 달성공원 지도를 보니 이 주위에는 끊임없는 동물사, 동물사였다. 솔직히 나는 동물원에는 큰 관심이 없지만, 어린이들이라면 엄마 손, 아빠 손을 잡고 한 번쯤 오고 싶은 그런 곳이었다.

더운지 물 속에 계속 있는 오리.

사진을 찍고 있다는 것을 아는 것 같이 카메라를 들이대자 팬서비스로 꼬리 깃을 넓게 펴주는 공작, 육중한 몸을 움직일 때마다 아이들이 박수를 쳐주는 인기 만점 코끼리, 아예 大 자로 뻗어버린 사자와 호랑이 등 휴일이라 그런지 아이들은 박수를 치며 기뻐하고 좋아하며 즐거워했다.

그러나 뭔가 고쳐야 할 점을 발견했다. 분명히 동물들에게 과자나 사람이 먹는 것 따위를 주지 말라고 적혀 있었지만 원숭이우리에서 원숭이들에게 과자를 던져주고 있는 사람들. 이것은 고쳐져야 한다고 생각했다. 그렇게 달성공원 안을 돌아다니다, 뭔가 위로 올라가는 길을 발견했다. 그 오르막 흙길을 오르고 나서 고개를 쳐들어 보니 "아!" 하는 탄성이 절로 나오는 풍경을 만날 수 있었다. 원래 달성공원은 성이었다고 한다. 그만큼 고도도 높다. 달성

공원에서 보는 대구의 전경이란, 아파트 옥상에서 보는 그런 대구의 전경과는 색다른 풍경이었다.

　달성공원에서 밖으로 나오며, 향토역사관이란 곳을 가보았다. 그 곳은 대구의 역사가 아닌, 달구벌의 역사와 문화를 전시해 놓은 박물관이며 문화관이었다. 그 곳에서 대구의 옛 모습을 관람하자니 어디선가 느꼈던 대구의 아름다운 옛 향기가 바로 앞에서 피어오르는 듯 했다. 이 향기를 오늘 아침에 맡은 것 같은데, 나의 착각이려나?

　이제 달성공원에 굿모닝을 외치며 다음으로는 대구의 옛 향기가 물씬 풍기고 있는 곳으로 이동했다.

3. 공기만 맡아도 건강해진다고? 약령시!

　시내의 교통정체를 뚫고, 겨우겨우 찾아간 그 곳은 바로 약령시였다. 아까 전에 갔던 달성공원에 가자마자 배설물 냄새가 났다고 하면, 이곳은 차에서 내리자마자 바로 한약재 냄새가 내 코를 찔렀다. 꼭 집어 말할 순 없지만 싫지 않은 그런 은은한 향. 뭔가 공기에 있는 향기만 맡아도 몸이 건강해지는 느낌이 드는, 그런 건강의 거리라고 할 수 있겠다. 물론 공기만 맡아도 몸이 진짜 건강해지지 않을까? 만약 약령시에 찾아간다면 부디 심호흡을 하고 다니기를 바란다.

　약령시에서는 이곳저곳 모두 다 한약방 아니면 한의원이다. 한약방에서는 마치 사극 드라마를 보는 듯한 한약재를 진열해 놓았고, 한의원에서도 짙은 한약 냄새를 풍기고 있었다. 왜 대구가 한약재의 도시인지 알 수 있었던 시간이었다.

　나는 아버지의 추천 코스에 따라 약령시에서 만들었다는 약령시한의약문화관이란 곳을 찾아가 보았다. 매우 커다란 신식 건물인데 한의약문화관이라 하니 최신식 현대 건물과는 묘하게 맞지 않는 듯. 하지만 이러한 것도 대구의 옛 문화를 새로움에 섞는, 즉 전통과 현대의 조화가 아닐런지? 아쉽게도 일요일에 가서 휴관하는 관계로 견학해 보지는 못하였지만, 겉모습으로도 충분히 볼거리가 많았던 곳이었다.

　이곳은 이 약령시한의약문화관의 앞뜰이라 할 수 있는 곳인데 한의약문화관답게 앞뜰에 약초를 키우고 있었다. 한두 번 이름을 들어본 약초부터 한 번도 들어보지 못했던 귀한 약초도 있었다.

　옆으로 시선을 돌려보니 분수대가 있는데, 보통 분수대가 아니었다. 다름 아닌 약재를 달이는 주전자 모양을 한 분수대! 매우 참신하고 신선한 아이디어다. 주위에는 한때 몸에 좋다고 알려졌던 발 지압 길도 있었다.

이곳은 정말 훌륭한 시민의 휴식처이다! 여름이면 시원함과 건강함을 동시에 누릴 수 있으니까!

약재들을 바깥에 진열해 놓은 어떤 약업사를 찍은 것이다. 겉으로 볼 때 한약재들이 끈에 묶여 포장이 되어 있다. 이렇게 소박하게 한약재를 파는 가게에서 나는 과거 전국의 모든 약재는 대구로 통한다고 알려졌을 만큼 약재의 중심이었던 대구 약령시의 명성을 대번에 알 수 있을 것 같았다. 어디선가 풍기는 깊고 은은한 향기, 이제 그 향기가 점점 코끝에 가까워질 듯하다.

4. 경상 감영공원에서의 휴식타임!

경상감영공원은 약령시에서 가까운 곳에 있었다. 공원에 들어섰을 때 내 시야에 들어온 저 큰 건물은 무엇이던가! 사극에서나 볼 만한 커다란 건물이 떡하니 서 있었다. 경상감영공원은 원래 경상감영 관찰사가 집무를 보던, 현대식으로 말하자면 도지사 사무실 정도 될까? 고풍스러운 건물이다. 여기서도 아름다운 전통의 향기가 듬뿍 담겨 있었다.

이곳도 공원인 만큼 휴식하고 있는 시민들이 많았다. 마침 점심시간이었던 만큼 가족끼리 소풍을 와서 엄마가 싼 정성스럽게 만든 김밥을 돗자리를 펴고 맛있게 나누어 먹는 가족이 있는가 하면, 점심을 먹고 나서 여유로운 낮잠을 취하는 사람들도 있었다. 하나의 긴 의자를 차지하고 편하게 앉아 쉬었다. 시원한 폭포를 보며, 상쾌한 대구의 향기를 느끼며!

5. 古서당! 향교

　다음으로 내가 아버지의 차를 인도한 곳은 향교였다. 향교는 예상과
는 달리 도로가에 있었다. 이상하게 명승지나 유적지 같은 곳을 가면,
주위에 한국식 담벼락이 기다랗게 둘러져 있고, 푸른 잔디밭, 할아버지
보다 연세 많은 소나무, 결론적으로 차나 도시, 현대식 건물과는 동떨
어져 있는, 그런 이미지가 연상되지만, 내가 찾은 향교는 그런 분위기
와는 조금 다른 모습이었다. 올라가는 계단 세 개, 오른쪽, 중앙, 왼쪽.
이상하게 중간 계단은 사용하지 말라고 적혀 있는데 왜일까라고 생각

하며 오른쪽 계단을 택해 올라갔다.
　올라가자마자, 내가 연상했던 향교의 모습이 떠올랐다. 푸른 나무들,
약수, 고풍스러운 건물, 그 속에서 쉬고 계시는 어르신들. 물론 나이 많
은 소나무 같은 것은 없었지만, 왠지 여기서 그 소나무보다 어울릴 것
같은 꽃나무와 푸른 나무들이 건물을 더욱 아름답게 꾸며주었다. 이런
장소에서 조상들은 시를 읊었을 텐데, 역시 나는 안 되나 보다.

　푸른 잔디밭과 건물, 그 앞에 있는 돌. 모두가 하나로 모여 아름답게 조성이 되는 듯하다.

　향교에서 열심히 공부하고 계신 어르신들이다. 무엇을 공부하고 계신지는 모르겠지만, 아주 열심히, 특히 사진의 오른쪽에 계신 할아버지께서는 매우 깊게 생각하시는 듯하다. 역시 배움에는 나이가 없다고 하더니 이렇게 연세가 많으신 분들도 공부에 열중하고 계신 모습을 보면서 공부에 열정이 모자라는 나를 되돌아보게 되었다.

아름다운 한국식 담벼락 너머로, 푸른 초목이 일렁이고 있다. 그 너머로 어렴풋이 보이는 붉은 기둥, 검은 기와. 아주 인상적인 장면이다. 많은 느낌을 받으며, 많은 생각을 하며, 이번에는 왼쪽 계단을 이용해 향교를 나섰다.

6. 대학교 안의 新서당 한학촌!

향교에서 나온 나는 성서 쪽의 계명대학교 안에 위치한 한학촌에 들렀다. 물론 이것은 옛날부터 있었던 유적지는 아니지만, 옛날에 있었던 교육기관인 서당, 그리고 현재의 교육기관인 대학, 이 두 가지를 합한다는 점이 신선해서 한번 가 보았다. 입구부터 돌계단과 고풍스러운 목재 출입문, 돌담, 푸른 초목. 물론 약간 새것(?) 같은 느낌이 들기도 했고, 전통적이지만 아주 신선했다.

올라가는 길은 멀고도 험했다.

일단 제일 먼저 눈에 띄는 건물은 계명서당이라는 곳이었다. 매우 새것 같은 느낌이 들면서도, 아름다운 옛 건물의 고풍스러움, 그 향기가 기왓장 하나하나, 소나무 기둥 하나하나에서 풍겨 나오고 있다.

계명서당의 담벼락의 검은 기왓장 위로 나의 카메라와 나의 머리를 살짝 들어보았다. 어떤 한자가 적혀 있는 건물이 있기는 한데, 아직 무슨 한자인지는 모르겠다. 느낄 수 있는 것은 아름다운 건물이라는 것!

　　계명서당 앞뜰에서 옆쪽으로 이어진
녹향 가득한 오솔길을 따라 작은 시내를
건너고, 흙길을 밟으며 도착한 곳에는 계정
헌이라는 곳이 있었다. 이곳은 대략 옛사람들이 사
는 곳을 만들어 본 것이라고 한다. 외형을 설명하자면, 아주 길쭉한 건
물이고, 중간에는 계단과 정문이 있다. 뭔가 재미있는 모양의 건물이
다.

　　안에는 계정헌의 마루가 있었다. 기둥에는 한자가 있고, 지금은 박물
관에서나 볼 수 있는 장롱이 있었지만, 시계도 있고, 소화기도 있어 완
전한 옛 건물까지는 아닌 것 같다.

계정헌 안을 돌아다니다 보니, 자그마한 아궁이를 찾을 수가 있었다. 이 건물은 옛날 가옥과 같이, 아궁이에 불을 지펴서, 방을 따뜻하게 만든다고 한다. 옆에는 땔감용 목재가 가지런히 쌓여 있다. 물론 나도 시골에서 자주 아궁이에 불을 지펴 보았지만, 그것은 완전한 옛것이 아닌, 약간 신식 기술이 가미된 아궁이였고, 이것은 진짜 옛 우리 나라식 아궁이라 한다. 여기서도 대구의 옛 향기가 아궁이 속에서 은은히 나는 느낌이다.

계정헌의 바깥으로 나 있는 마루를 보았다. 밖으로 나온 마루에서, 바로 밑에서 올라오는 푸릇푸릇한 잔디의 향기와 공기 속으로 번져 나올 듯한 한 폭의 수채화 같은 푸른 초목의 뜰의 나무. 그런 것을 느끼며 마루에 앉아서 낮잠을 푹 자보고도 싶다. 사실은 그때는 '대구의 옛 향기 느끼기' 강행군에 살짝 지칠 때였다. 피로가 오는 것도 무리는 아니었다.

뜰에는 이상한 돌덩이와 짚으로 만든 이상한 개집(?) 같은 것이 있었다.

알고 보니 병아리를 키우는 시설(?)이라고 한다. 왜 하필 병아리를 저런 곳에 넣어두었을까? 내 생각에는 아마도 만약에 바람이라도 세차게 분다든지, 비라도 많이 쏟아지면, 바깥에 있는 병아리는 다 죽을 지도 모를 것이니, 작은 생명을 아끼는 조상들의 마음이 만들어낸 병아리들의 보금자리였다.

거기서 약간 내려가니, 연못이 있었다. 하지만 거기서 그치는 게 아닌, 정말로 사극에서 양반들이 술판을 차려놓고 놀만한, 연못 위에 정자가 하나 있었다. 정자에 신발을 벗고 올라가니, 바로 밑에는 맑은 연못과 여유롭게 헤엄치는 잉어들이 있었다. 정말로 시원하고 피로가 날아가는 그런 느낌이 들었다. 정말로 좋은 정자였다.

아니, 다시 보니 어쩐지 꼭 맑은 것 같아 보이지는 않지만 연못 중앙에 있는 작은 인공 섬과 거기에 있는 작은 소나무. 물 위에 살짝 떠 있는 수중식물. 어울림이 절경이었다.

이것으로 아쉽지만 아름다운 정자와는 작별을 고하고 다음의 향기를 따라 발걸음을 옮겼다.

7. 굽히지 않는 충절을 기리며, 육신사

　금호강변에 있는 시원한 도로를 따라 뻥 뚫린 속시원한 도로를 즐겁게 달리다 보니, 어느새 육신사의 입구격인 충절문이 보였다.

　이곳이 육신사로 들어가는 문이다. 육신사는 사육신들의 혼을 기리는 그런 곳이라고 한다. 우선 입구의 지붕 바로 밑에 한자로 '六臣祠'라고 검은 판에 하얀 글씨로 적혀 있는 우리나라 전통 현판이 있었다. 이 여행을 통해 한국의 웬만한 문화재나 전통가옥의 경우, 입구에 태극문양이 있는 그런 모양이 문의 중간에 있다는 것을 알 수 있었다. 이것도 아름다운 옛 향기의 일부라면 일부일까?

　입구에 들어서자마자, 입구 바로 옆의 시원한 그늘에서 돗자리를 펴고, 점심을 먹는 단란한 일가족이 보였다. 그 후 주위를 둘러보았다. 너무나도 아름다운 풍경이었다. 정문 옆으로 쭉 뻗어 있는 회색 돌담벼락, 그것을 덮고 있는 전통의 향기가 듬뿍 담긴 먹물빛 기와, 지면을 덮

은 푸른 잔디, 눈으로 계단을
올라가 지나는 붉은 문, 그리
고 그 뒤로 펼쳐진 산과 전통
가옥의 조화! 옆에 계시던 아
버지께서도 "나중에 실버타운
필요 없으니 이런 전통가옥 하
나 새워줘"라고 하신다. 물론

실현 가능성은 모르겠지만, 그럴 욕심이 생길 정도로 아주 아름다웠다.

　전통가옥은 이것도 이번 기회에 느낀 거지만, 한 마당에 2-3개의 집
이 있고, 그 마당과 마당은 연결되어 있다. 그 마당과 마당을 연결하는
것이 이 사진에 나와 있는 문이다. 어떻게 보면 개개의 공간이지만, 그
것도 아주 떨어져 있는 것이 아니니 우리의 선조들의 지혜에 감탄하지
않을 수 없다.
　그 문을 통해 안으로 들어가
보니, 고풍스러운 가옥 3채가
나를 반기고 있었다.

　담벼락 밑에서, 햇빛 한번 들지 않는 그런 공간에서 기어이 뿌리를
내린 호박의 모습이다. 이걸 보니, 그렇게 절망적인 상황에서 결국 살
아남은 우리나라의 부모님들이 연상된다. 비록 호박잎의 잎은 고된 일
을 한 것처럼 까끌까끌했지만, 그런 상황에서 잎의 도움으로 맺은 호박
꽃봉오리는 희망을 가득 담고 있는 듯했다. 그리고 이 봉오리가 열려
호박꽃이 아름답게 피면, 그 향기는 이 담벼락에 깊게 스며들고, 그 호
박꽃이 맺는 결실은 이 호박의 보람이 될 것이며, 그 보람이 퍼트리는
호박의 씨는 다음 세대로 이어질 것이다. 그렇게 지금 이 사진의 호박
잎은 쭈글쭈글하지만 자기 자식들의 밝은 미래를 위해 그늘에서 인고
의 시간을 의지로 버티며 살아가는 것이다.

　붉은 문을 지나서 앞을 보니 하나의 탑과 5개의 비석 뒤로 또 하나의
건물이 보인다. 아쉽게도 나의 한자 실력의 부족해 비석과 탑에 적혀있
는 글이 무슨 뜻인지를 읽을 수 없었다. 탑 뒤에 있는 3개의 비석 중 하
나는 모르겠지만, 왼쪽의 것은 전 박정희 대통령께서 보낸 것이고, 오
른쪽의 비석은 한 국회의원께서 보낸 것이라고 한다. 탑에 있는 한자의
뜻이 무슨 뜻인지는 모르겠지만, 주위에 있는 나무들의 녹향이 글자의
음각 하나하나에 파고들어 한자 한 획 한 획에 푸른 향기로 박혀 있는
듯하다.

　성인문이라 적혀 있는 문은 아쉽게
도 잠겨 있어서 들어가 보지는 못하
였지만, 아마도 사육신을 추모하는
뜻으로 세웠을 것이라고 추측을 할
뿐이다.

　돌벽과 담벼락, 그리고 그 중간에 있는 새파란 잔디밭. 돌벽 위에 있
는 푸른 작은 나무들이 그 은은한 향기를 더해 준다. 담벼락에는 마른
담쟁이 넝쿨이 붙어 있어 더욱 고고한 느낌이 난다. 정말로 이런 곳에
서 살고 싶다는 생각이 간절해진다.

　　조금 더 들어가니 이곳에는 자그마한 언덕이 하나 있었다. 그 곳에 올라가니 아름다운 육신사와 그 주위에 있는 마을(육신사 주위에 있는 마을들은 모두 한옥이다.)의 모습이 한눈에 들어온다. 옛 대구의 고고한 향기가 폐 속 가득 들어온다. 그에 이어 다시 숨을 들이마실 때는 그 고고한 향기뿐만 아니라, 주위의 푸른 나무들의 향기가 가득 실려 온다. 마지막으로 크게 숨을 들이마실 때는 고고한 향기와 푸른 나무 향, 그리고 마치 첩첩산중의 정화수를 한 바가지나 마신 듯, 맑은 공기가 주는 상쾌한 청량감이 내 몸을 한바탕 휘감고 지나간다. 좋다, 이거면 되었다.

8. 도심 속의 전통의 숨결, 남평 문씨 본리세거지

나의 대구의 옛 향기를 찾기 위해 떠난 원정의 종착지는 남평 문씨 자손들이 모여 살고 있다는 남평 문씨 본리세거지이다. 매우 아름다운 담벼락과 가을로 접어드는 날씨를 느낀 나뭇잎의 색의 변화. 물론 지금까지의 원정에서 본 고가의 수는 아주 많지만 이것은 정말로 사람들이 살고 있는, 그것도 새로 지어진 고가가 아닌, 오래된 고가이기 때문에 더욱더 옛 향기가 진하게 느껴진다. 입구에는 관람을 해도 좋으나 사람들이 살고 있는 곳이기 때문에 조용히 해달라는 부탁이 있었다. 자신들의 집을 다른 사람들에게 공개해 주는 넉넉한 인심에 감사하며 조심스럽게 문지방을 넘었다.

들어서자마자 보이는 것은 잎이 없는 감나무 하나와 이곳에 사람이 생활하고 있다는 것을 보여주는 장작, 사다리, 빗자루, 빨래 건조대 등이었다.

　　좀 더 안으로 들어가자 말문이 턱 막히는 기분이었다. 아름다운 고가 세 채. 그러나 더 눈길이 가는 것은 그 중간에 있는 아름다운 소나무 세 그루였다. 나보다 더, 아니 나의 아버지보다 더 나이가 많이 보이는 소나무들이었다. 솔의 향기가 사방에 가득했다.

아마도 이 집에서 사용하는 듯한 우물이 있었다. 요즘 모두 수도를 사용하는 보통 가정집에 비해 이곳은 대부분의 물을 우물에서 구하는 듯했다. 뭔가 고지식하지만, 멋있다.

그 집을 나서자, 다른 그 가문의 집도 있었다. 그리고 그 집과 집 사이를 연결하는 전통 흙담 사이의 자그마한 골목. 이것 또한 우리나라의 정취가 가득 배어 있었다. 그 모습이 너무 좋아 지금도 눈에 아른거린다.

골목길을 지나자, 아주 커다란 나무 한 그루를 보았다. 굵은 나무는 아니었지만 아주 키가 크고 조형적인 아름다움이 가득 배어 있는 오래된 나무이다. 나이는 한 100살 가량. 그 100년의 세월이 나무껍질 안에 배어 있다는 점이 매우 놀라웠다. 인간도 100년을 살기 힘든데, 이 나무는 100년을 살아 근방을 지켜주는 수호신처럼 우뚝 서 있다. 나의 시골에도 마을에 들어가는 입구에 당산나무라는 것이 있다. 아버지도 모르는 까마득한, 몇 백 년의 세월을 살아오고 있는 그 나무는 나의 시골을 지켜준다고 한다. 물론 진실은 아니겠지만, 진실을 떠나서 이런 것을 수호신으로 여기는 조상들의 정신이 나뭇가지 하나하나에 스며들어 있는 것 같다.

7. 진한 대구의 옛 향기를 맡으며

　긴 여정을 끝내고 나는 이 세상 어디보다도 포근한 집으로 돌아왔다. 시원한 물로 샤워를 하고, 옷을 갈아입고, 책상에 앉아 천천히 생각을 했다. 지금까지 느낀 향기를 다시 한 번 생각해 보았다. 달성공원의 비석 앞에서의 향기는 은은한 박하향, 새롭게 건축된 한학촌 앞에서는 색다른 계피향, 모든 장소에서는 서로서로 다른 향기가 났지만, 그것은 모두 하나같이 같은 점이 있었다. 그리고 지금 책상에 앉아 있지만 이 책상에까지 그 향기가 묻어나는 듯하다. 아니 나고 있다. 모든 사람은 이 향기를 맡을 수 있다. 대구의 역사와 현재 대구에 있는 사람들이 남기는 하나하나의 추억이 만들어내고 있는 향기는 이제는 어딜 가더라도 잊지 못할 듯하다.

꽃 이야기

주영애

주영애는?

협성중학교 국어과 교사
아이들의 무한한 잠재력과 그 왕성한 의욕을 알기에 새로운 일에 도전한다. 작은 것에 소중함을 아는 창의적이고 예의 바른 아이들을 만나고 싶다. 오늘도 독서-글쓰기-책쓰기 지도를 하고 있다.

물의 요정 수련

단아한 아름다움을 지닌 수련은 이른바 '잠자는 연'이다.

잠잘 睡, 연꽃 蓮의 이 수련(睡蓮)은 한낮에만 피고 햇살이 약해지면 꽃잎을 닫아버린다. 한낮이라도 비가 오는 날에는 그 신비한 꽃을 볼 수가 없다.

이 수련에는 황금색 꽃술이 60여 개가 있는데, 가만히 살펴보면 꿀벌이 자주 들락거리는 것을 자주 볼 수 있다. 화려함 속에 꿀까지 담고 있나 보다.

이집트 국화인 수련은 이집트 그림이나 문양에 많이 등장하고 있어, 이집트에서는 아주 귀하고 특별한 꽃임을 알 수 있다. 그리스 어느 여신의 셋째 딸이 호수의 신이 되어 시시때때로 호수를 장식해서 피었다고 한다. 바로 '워터 님프' 물의 여신이다. 가까운 호수나 연못에 가면 바로 만날 수 있는 여름 꽃이다.

합천호수의 개여뀌

탁 트인 호수, 머리를 뒤엉키는 바람, 물 냄새, 풀냄새, 꽃냄새. 그 곳
에 작은 야생초가 가녀린 몸매로 싱그럽게 몸을 뒤흔든다. 호수 둔덕에
널브러진 여뀌 밭이다. 아주 붉은 여뀌꽃은 싫증나지 않을 정도로 간간
이 섞어 피었고, 연분홍 작은 알알이 맺힌 꽃들은 나의 손길을 가둔다.
　어린잎은 나물로, 약용으로 쓰인다고는 하나 그 붉은 꽃은 독성이 강
하여 독초라고 쇠풀로도 먹이지 않았다. 여뀌의 은은한 향은 맡아보지
않은 사람은 아마도 모를 것이리라. 별로 예쁘지도 귀하지도 않던 꽃.
야산과 습기 많은 들판이며 동네 어귀 어느 곳이나 피어 있던 그 여뀌.
흔한 그 꽃이 요즘 도시에서는 찾아보기 힘든 꽃이 되었다.

애기똥풀

4월부터 여름까지 들이며 야산자락에 노란 꽃들이 흔하다.

이름하여 애기똥풀. 지천으로 깔려 있는 그 꽃을 보고 애기똥풀이라 가르쳐주었더니 나의 작은 놈이 '애기가 똥을 저렇게도 많이 노요(누나 요.)' 라고 해서 한바탕 웃었던 기억이 난다.

어릴 땐 대수롭지 않아 눈에도 들어오지 않던 노란 애기똥풀. 이름마 저 고약해서 정이 안 가던 애기똥풀. 그런데, 올 봄엔 왠지 너무 고와 자 주자주 들여다본다.

노란 꽃물이, 냄새가 나는 듯해서 던져버린 그 옛날과는 달리 손톱에 한 번 덧칠해 본다. 그러니까 저절로 웃음이 퍼졌다.

너무 흔해서 대접받지 못하는 애기똥풀……

애기똥풀을 보면 소박한 민초들을 닮은 것같아 자꾸만 정이 간다. 올 봄엔 더욱 그렇다.

함박꽃

　지난 수학여행 때, 설악산 입구부터 군락을 이루고 있는 반가운 꽃이
있었다. 함박꽃. 이름조차 너무 고운 전설 같은 꽃. 새하얀 꽃잎 사이로
환하게 우리들을 반기던 꽃. 5월의 심산을 자주 찾지 못해서인지 주변
야산에선 자주 볼 수 없는 꽃인지라 너무 반가워 입을 다물지 못했다.
비선대로 올라가는 길목마다 그녀가 서 있어 힘든 줄 모르고 오른다.
　"쟤 좀 봐, 나랑 비슷하지 않냐?"라고 짓궂게 물을 때마다 야릇하게
웃으며 "글쎄요"만 외쳐대던 녀석들. 만나는 아이들마다 "저게 함박꽃
이란다."라고 말해 주며 함박웃음을 지어 보였다.

계란꽃 개망초

봄부터 여름까지 우리 나라 논둑밭둑, 개울가, 풀숲은 새하얀 꽃밭이
다. 그 이름, 바로 개망초. 번식력이 왕성하여 밭을 망치는 풀이라 하여,
농부들의 골칫거리로 붙여진 꽃. 이름이 슬픈 개망초. 하지만 새하얀
꽃잎 속에 노란 수술이 계란프라이를 닮은 듯하다.

언젠가 본 주왕산 꼭대기 너른 들판의 오지 마을, 그 들판엔 온통 개
망초 천국이었다. 싱그러운 자연의 색, 너무나 보기 좋아 가끔씩 그 곳
이 생각난다.

강한 생명력과 번식력으로 우리 땅을 뒤덮고 있는 개망초. 그 역시
먼 나라에서 온 귀화 식물. 우리 들녘엔 우리 꽃이 서양종에 밀려 토종
의 야생화를 보기 어렵다고 한다.

개꼬리풀

우리 들꽃에는 참 재미있는 이름이 많다. 며느리밥풀꽃, 괭이밥(괭이=고양이), 괭이눈, 처녀치마, 깽깽이풀, 쥐오줌풀, 광대수염, 강아지풀, 쑥부쟁이…… 등 너무나 재미난 이름들. 그 이름들은 대체로 모양을 본뜬 것이 많다. 또한 꽃 전설은 다정한 우리네 이웃 같다는 느낌이 든다.

이 개꼬리풀 역시 진짜 개꼬리와 흡사하다.

서양종의 애견들보다는 우리의 견공들과 많이 닮았다. 이 꽃의 다른 이름은 까치수영, 까치 수염, 꽃꼬리풀 등. 참 이름도 많다. 그 중에 개꼬리풀이 난 제일 맘에 든다. 그런데 까치도 수염이 있나?

넝쿨딸기

  찻집 탁자 위에 조그맣게 꽂아 둔 꽃가지 하나. 야트막한 산에 오르
면 어디서나 쉬 볼 수 있는 넝쿨딸기꽃. 한 가지 꺾어 단정히 놓은 주인
장의 마음이 엿보여 귀하게 보인다.
  이런 넝쿨 꽃가지는 꺾어주면 더 많이 번진다고 한다. 주인장은 꽃을
잘 아나 보다.
  산에서 흐드러진 꽃가지와는 달리 색깔이 고와 산딸기꽃이 맞는지
한참 들여다보았다. 자세히 들여다보니 꽃잎이 꽃받침보다 더 작다.
  꽃받침이 고와 꽃이 진 다음에도 이렇게도 고운가 보다. 바로 이런
모습이 자연이 아닐까. 인공으로 첨삭되지 않은 순수자연. 귀한 것을
귀하게 볼 줄 아는 마음, 우리에겐 그런 눈이 필요하다.

보리 닮은 맥문동

어디선가 많이 보아 익숙한 이 꽃은 지금쯤 우리 학교 꽃밭에도 가지
런히 곧게 피어 있을 것이다. 보랏빛 고운 꽃이 너무 선명하여 눈에 확
띄게 된다.

그늘지고 습한 음지에서 잘 자라기 때문에 화훼용으로도 많이 키운
다. 그래서 화단의 나무 밑이나, 도심의 가로수 아래에서 많이 볼 수 있
다. 겨울과 봄에는 파릇한 보리(잔디)처럼 보이고, 여름엔 보랏빛 꽃이
좋고, 가을이면 이 꽃은 까만 구슬로 변하여 댕글댕글 매달려 있다.

벌개미취1

　초여름부터 대구 근교의 도로가를 보랏빛으로 장식하여 우리들의 눈을 시원하게 해 주는 꽃이 있다. 들국화(구절초 또는 쑥부쟁이)와 비슷해서 정겨움을 느끼게 하는 반가운 꽃이다. 특히 가창 댐 입구에서 헐티재 가는 중턱까지의 벌개미취꽃길은 내가 본 올 여름 최고의 아름다운 꽃길이었다. 이 벌개미취의 은은함은 들꽃의 아름다움을 충분히 느끼게 한다.

　요즘엔 우리들꽃을 화훼로 재배하여 길가의 자리꽃으로 다듬어 기쁘다. 그만큼 우리들꽃에 관심이 많아진 것이다. 우리들과 산과 시내와 어우러져 그저 있는 듯 없는 듯 은근한 자연미를 살리는 우리들꽃. 선명한 색깔, 얼굴 큰 꽃의 볼수록 질리게 하는 서양종과는 분명 보는 감흥이 다르다.

벌개미취 2

2003년 대구유니버시아드 대회 시상식 꽃으로 사용되기도 했다. 이름 높은 대회마다 그 고장 또는 그 나라를 상징하는 꽃다발과 트로피와 메달을 창안하여 입상자들에게 안겨준다고 한다. 말 그대로 영광의 꽃다발이다.

지난 대구U대회 꽃다발을 잠깐 소개한다.

역대 대회 최초로 한국의 전통 야생화인 '벌개미취'와 대구에서 자생하는 천연기념물 제1호인 도동의 '측백나뭇잎'을 사용해서 만들었다. 지역 대학교수 등의 자문을 구한 이 꽃다발은 한국 야생화가 서양의 대표적 꽃인 장미를 감싸는 구조다. 모양과 색상이 성화와 비슷하며 동양과 서양의 꽃을 조화시켜 U대회의 주제인 '하나가 되는 꿈(Dream for Unity)'을 표현했다고 하니, 그 의미 또한 크다고 하겠다.

철 지난 채송화

가을도 비켜가는 10월.

여름에 피지 못한 채송화가 수줍어 얼굴 붉힌다.

늦게 튼 여린 싹이 애처로워 밭둑가 돌무더기에 옮겨 두었더니

이제야 그 빛을 보인다.

철지난 채송화를 보며, 이런 생각을 한다.

그래, 조금 늦게 철이 든다고 무어 어쩌리.

다른 이보다 더 늦게 깨쳤다고 무어 그리 야단이리.

속성재배에, 올꽃과 올벼, 올열매가 최고인양 뽐내는 요즈음

심화학습, 선수학습 속성 재배되는 아이들을 생각하니

철늦어도 곱게 피어내는 채송화 그 향내가 진하게 전해온다.

투구꽃과 용담

　10월 초순의 어느 일요일, 가야산 뒤쪽 능선을 따라 산행을 했다. 중턱을 오르는데 발아래 작은 꽃 몇 송이가 있다. 책에서만 보아오던 투구꽃이었다. 반가운 마음에 앵글을 맞추어 보았지만, 추위 전에 가실 모양인 듯 꽃과 줄기에 윤기가 적다. 사진이 흡족하지는 않다. 그날 용담꽃도 만나는 큰 행운을 얻었다. 인적이 드문 산중에는 아직도 가슴을 설레게 하는 꽃들이 있어 산에 오를 맛이 난다.

　자식을 잘 기르지 못한 부모는 죽어도 마음을 못 놓는다. 자식을 훌륭한 사람으로 키우려면 어려서부터 용감성과 재능을 키워야 한다는 전설의 꽃 투구꽃!

수국

　방학을 맞이한 날, 해풍이 잔잔하게 부는 해질녘 남해 어느 작은 마을에서 조촐하지만 경건한 모임이 있었다. ○○○선생님의 정년 퇴임식이었다.

　언제나 최선을 다해 성실하고, 정직하게 교직 생활을 하신 선생님. 우리의 가슴 속에 훌륭한 선생님으로 영원히 남아 있을 것이다.

　그날 선생님께 바친 꽃 한 송이. 남해 섬 자락에 피어 있던 바로 이 꽃, 수국이다. 수국은 환경에 따라 꽃 색이 변한다. 흰색, 푸른 색, 붉은 색으로 주로 토양에 의해 그 빛을 바꾸기에 칠면조처럼 '칠변화' 라는 이름을 가지고 있다.

　그날의 꽃 색깔은 대부분 푸른빛이었다. 아마도 그곳은 산성토양이 많았나 보다.

소국

　　시간이 흐름에 따라 나에게 어울리는 색깔이 달라졌다. 어려서는 하늘색이, 더 자라서는 황금색이, 새색시 시절엔 녹색이 나에게 어울리는 색이었다. 나이를 먹으니 갈색이, 고추색이, 더 지나선 보라색이, 이제는 파랑색이 좋다.

　　세월에 따라 얼굴 윤곽이 달라지고 그 안에 감도는 빛깔이 있어 나를 표현하는 데는 색깔이 전부는 아니다. 부드러운 빛과 색의 조화로움. 환하게 웃는 아름다움! 이제 그런 빛깔을 담아야 한다.

쑥부쟁이

가을의 첫 느낌. 들녘에 보랏빛 들국화가 피면 가을이라 좋아라 했던 어린 시절. 시골에 사는 아이들이 한 묶음 엮어 와 교탁 화병에 꽂아 두면, 가을 들판이 교실에 가득해. 소박한 기쁨이 입가에 번져 즐거워 했던 기억들. 어릴 때부터 들국화라고 불리었던 연보라빛의 쑥부쟁이…….

쑥을 캐러 다니던 효녀, 불쟁이의 딸이었던 그녀의 혼이 만들어 놓았다는 가련한 꽃. 그리움, 기다림이란 꽃말을 가진 쑥부쟁이의 전설. 소원을 빌어 주는 보랏빛 주머니 속의 노란 구슬, 그 빛깔로 다시 태어난 쑥부쟁이…… 그리던 사냥꾼을 잊지 못하면서도 그 님의 행복을 끝까지 빌어 주는 착한 쑥부쟁이. 소원 구슬을 다 써 버린 혼의 연가(戀歌).

봄까치꽃

지난 주 들에 갔다가 봄볕 사이로 얼굴을 내민 봄까치꽃을 만났다. 꽃 지름이 1cm도 안 되는 작은 꽃이다. 또 다른 이름은 개불알풀꽃이다. 까치가 반가운 소식을 알려주듯 봄이 옴을 누구보다 먼저 알린다고 봄까치꽃일까.

봄이면 늘 설렌다.

하루하루 다른 기온으로 쑥쑥 자라 올라오는 봄꽃들에 대한 기다림 때문이다. 허리를 낮추어 가는 눈으로 주변을 살펴보면 어느 곳에서나 발견할 수 있는 앙증맞은 봄꽃들.

마른 나뭇잎을 들추어 보면 어김없이 올라오는 귀여운 것 들.아, 어느 틈엔가 우리 앞엔 봄꽃들이 향연을 벌리고 있다.

노루귀

3월말 앞산 정상에서 달비골로 내려오며 만난 노루귀이다.

지인에게 사진 한 장 보냈더니 답이 왔다.

『작은 것에 대한 애정이 경이로 이어진다.

그냥 스쳐 지나는 풍경도

이런 눈으로 보는 사람이 있기에

존재가 새삼스러이 확연해지고 있나니

하루하루를 살아가는 우리의 일상도

이렇듯 애정을 가지고 대하면

어느 것인들 사랑스럽지 않으랴!』

앞산 진달래꽃

　달비골의 한 모퉁이에서 앞산 정상으로 가는 길에 참꽃들이 떼를 지어 살고 있다. 산길 따라 오르며 꽃노래 흥얼거리는 소릴 듣다 보면 발길도 절로 흥겹다. 가까운 곳에 이런 참꽃군락지가 있음을 가르쳐 주고 싶어서 어제 산행을 하고도 오늘 또 나를 인도해 주는 친구가 있다.

　산을 오르면서 연신 감탄한다. 황사로 뿌연 시내를 내려다보는 마음은 개운치 않지만, 어느 새 산 정상은 가까워진다. 정상에 앉아 삶은 고구마와 가래떡, 커피와 메밀차를 마신다. 좋다. 주변에 산이 있다는 건 축복이다.

코스모스

하늘은 오늘도 우중충하다.
헐티재를 넘어 각북으로 간다.
메밀밭가의 코스모스
보는 이의 마음도 핀다.

가을 들녘은 부유하다.
그 곳의 행인도 덩달아 부자다.
나도 덩달아 부자다.

야생초 화단

작년에 정성을 다해 만들어 놓은 야생초 화단에도 봄이 왔다.

새순을 틔우는 반가운 하늘매발톱꽃, 은방울꽃, 그리고 은양지. 까실쑥부쟁이. 금꿩의 다리 등. 아직 보이지 않는 녀석들도 몇몇 있지만 무지무지 반갑다. 겨우 뿌리를 내려 근근이 버티더니, 겨우내 긴긴 땅지심을 얻어 튼튼한 생명으로 거듭났다. 새순이 꽃보다 더 예뻐서 오래 들여다보았다.

접시꽃

　대구에서 청도로 가는 길이었다. 주변과 어울리는 접시꽃을 보았다. 녹색의 풀밭에 쑥쑥 곧게 자란 접시꽃은 마치 줄을 타는 곡예단 같다. 그 어떤 구속도 없이 제대로 자유로이 자란 나무와 낡은 기와집, 살짝 내려앉은 돌담장, 돌담에 얹힌 담쟁이와 한적한 도로. 그 어떤 것도 길손의 마음을 놓치게 하는 게 없었다. 이렇게 사람도 제 나름의 멋으로 살 수 있다면 얼마나 좋을까.

능소화

　뜨거운 여름날에도 한 점 흐트러짐 없이 지치지 않는 고고한 기품으로 사람들의 이목을 받는 꽃이 있다. 능소화이다.

　어여쁜 궁녀 '소화'의 그리움이 담장을 따라 피어난 전설의 꽃. 어둠을 밝혀주는 등처럼 고아한 자태로 밤을 지새우기 때문이었을까. 곱고 진한 이 빛깔은 그녀의 고독이 주는 넋일 것이다. 여인의 고운 넋은 이렇듯 낙화조차 흐트러짐 없는 걸까? 넝쿨 아래 떨어진 능소화는 처절하게 고와서 더 아름답다.

　지난 여름 수목원에서 땅에 떨어진 능소화를 보았다. '떨어져서도 어찌 저리도 고울까? 죽어서 더 아름다운 꽃이구나'라는 생각을 했던 것 같다.

　게다가 개미가 갉아 먹어 상처난 꽃잎조차 너무 고와 발길을 잡아매었던 능소화.

추억으로 가는 길

이동욱

이동욱은?

협성중학교 3학년
늘 시간이 부족하다고 생각했다. 그러나 시간만 부족하다는 것은 자만이었다. 뛰어난 감각
으로 매사 다재다능하였기에 글쓰기에도 자신감이 있었다. 좋은 사람들과 함께 공부하며 성
숙한 행복한 동행이었다.

9년 째 그리고 9년 전부터
이 길은 너무 길어서 몇 번이고 시도했지만

결국 도달할 수 없었던
나에겐 신비로움과 궁금증으로 가득 찬 길목이었다.

길게만 느껴졌던

신비로운 골목을 벗어났다.

하지만 그 앞에서 날 기다린 건

끝이 보이지 않는

더욱 나를 빠져들게 하는

긴 골목이 기다리고 있었다.

없다.
아무도 없다.
그렇게 붐비던 나의 아지트는
또 다시 밀려났다

아이들의 웃음을 담고 싶은데.
어디로 숨었나.
그들은 좀처럼 나타나지 않는다.
찍지 못해서일까
아쉬움이 내 곁을 떠나지 않는다.

내가 기억하는 나의 모교의 교문은
페인트칠 다 벗겨진 허름한 교문이었는데
현대식으로 깔끔하게 단장한
낮게 들어앉은 교문
많이 바뀌어서 낯설기까지 하다 .

하긴 내가 사는 동네도
나도 모르는 사이에
내가 알던 많은 것들이
바뀌어져만 가고 있으니
오래 발길 닿지 않은 모교는
조금은 낯설기도 한 것은
당연한 것을
그러나 큰 호흡으로 마음을 다잡고
교문을 들어선다.

여기 이 강당
내가 입학을 하고 이곳의 첫 느낌은
한마디로 신비한 '유령의 집'이었다.
마음대로 입장할 수 없었던 탓일까
내가 가졌던 강당의 신비로움은 날이 갈수록 커져만 갔다.

내가 자유로운 출입을 하게 되었을 때
강당의 신비로움은 단순한 실망으로 바뀌어 버렸다.
아니, 청소를 맡게 된 뒤론 아예 귀찮아지기도 했으니

지금 푸른 잎이 강당을 뒤덮고
굳게 닫힌 강당을 보고 있으니
마음 한구석에선 그 옛날의 처음 느낀
그 신비로움이 떠오른다.

가끔은
궁금해 할 때가
눈에 보이지 않아 더 아름다운 것 같다.

지금 텅 빈 옛 운동장에 서 보니
시계탑
학교 건물
교장선생님의 단상.
하나부터 열까지
모두 바뀌어 버렸다.
왠지 모를 이 어색함.
주말인데도 그 누구도 없다.
축구하는 아이도
농구하는 아이도
야구하는 아이도
어디에도 없다.

아이들은 모두 어디로 갔을까

오늘 내가
정말 보고 싶었던 건
웃는 아이들
운동장을 누비며
뛰어노는 아이들
코 흘리며 땀 흘리며
친구들과 해맑게 웃는
아이들이었는데
그들이 보이지 않기에
그건 숙제로
남겨야 하나 보다.
학교에 오니
숙제가 생긴다.

학교 뒤 작은 밭에는 없는 식물이 없었다.

지금 이곳에 와 보니
4학년 때 모두 함께
무를
심고
물주고
뽑고
다듬어서
나눠 먹었던 게 생각난다.

다시 한 번만 더
그 때 아이들과 모여서
식물을 길러보고 싶다.
보고 싶다 친구들아

그래도 여전히 서로를 알아 반길 수 있는 곳이 남아 있구나.

이곳이야말로 초등학교 내 추억의 결정체
나의 비밀이 서려 있는 곳임을

내가 처음으로
살생과 동시에 애국심을 갖게 된 곳.

우연히 문구점 뽑기에서
당당히
황소개구리 올챙이를 받는다.
올챙이가 든 통을 잡는 순간
갑자기 떠오르는 오늘 배운 수업 내용

"황소개구리는 우리나라 생태계를 파괴합니다."
불쌍한 마음으로 열심히 땅을 팠고
올챙이를 묻었다.
태어날 때부터 미움을 받게 된 생명체.
왜 이렇게 미안할까?

아쉬운 마음을 두고 학교 밖을 나오니
나의 발길을 사로잡는 곳, 간판조차 없는 이곳

뭐하는 곳인지 맞춰보세요
문 닫은 옷 집?
문 닫은 분식점?
원래 비었던 점포?

모두 아니랍니다.
비록 간판은 없지만, 비록 대단한 가게는 아니지만
맛있는 떡볶이를 파는 곳입니다.
어렸을 적에 너무나도 맛있게 사먹던 추억의 떡볶이 집
오랜만에 그 맛을 떠올려 보지만 문을 닫아버렸네요.

사실, 이제는 사먹으라고 돈을 줘도 망설여질 거예요.
반짝반짝한 인테리어와 유행곡이 나오는 곳에 익숙해져서
구질구질한 그곳에서 맛이 제대로 날까 의문이 생깁니다.

모교에서 집으로 돌아오는 데
또 한 번
나를 놀라게 하는 골목이 생겼다.

더럽고
냄새나고
칙칙한
골목에

화려한 동심의
밝고
보기만 해도 흐뭇한 그림이
걸려 있었다.
Colorful Daegu!

지금 내가 사는 이 공간에도

피~웅

쾅!

모두 돌격하라!

아이들과 서바이벌 게임을 하던

생각만 해도 손발이 절로 오그라드는 장소다.

모두가 볼 수 있는 장소지만

그 당시 나에겐 우리에겐

유일한 비밀통로였다.

오늘, 다니는 사람들이 없으면

한 번 올라서 보려고 했건만

아무도 나를 도와주지 않는다.

'휴식은 일만큼 중요하다'
이렇게 좋은 말을 누가 했을까?

따사로운 햇살이
푸른 잔디밭을 금빛으로
금빛 은행잎을 아름답게 비추고 있다.

공부로 인해 얼어 있던 우리의 마음도
햇살이 비춰서일까?

모두 즐거운 표정으로
즐거운 마음으로

이 시간을 즐기고 있는 것 같다.

애들아
너흰 어느 별에서 왔니?

나랑 가까운 친구들
많은 신비로움을 가지고 있는 녀석들이다.

공부에 밀려, 학원에 밀려
놀자고 약속한 지 어느덧 2달째.

이번 달엔 꼭 만나서
녀석들의 정체를 밝혀야겠다.

우리들의 이야기__아삶북클럽

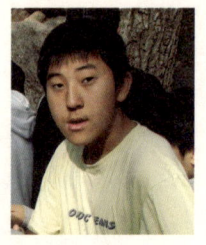

애! 드디어 포토에세이를 완성했습니다. 그때의 감정과 느낌을 살려 글을 쓴다는 것이 힘이 들었습니다만 자전거로 신천을 다시 돌아 돌아오는 그날, 집에 돌아오니 맥이 탁 풀리더군요.

정말 고된 하루였습니다. 아무생각 없이 카메라를 들고 나가서는 어둑해서야 돌아온 저를 보고 부모님도 놀라셨습니다. 이번 여행을 통해 배운 점이 있다면, 햇빛이 너무 강하기 때문에 신천에서 자전거여행을 할 때는 모자는 필요하다는 것. 그리고 조금 무겁더라도 배낭을 메고 도시락과 물을 챙겨야 한다는 것. 신천은 그날 나의 선생님이었습니다.

이 두 가지만 갖추면 신천에서의 하루 여행은 정말 좋은 여행이 될 것입니다. 여러분도 한번 떠나 보세요.

— 문한국

벌써 에필로그를 쓰다니. 정말 시간이 빠르게 지난 것 같다. 어쩌면 시간이 빠르게 흐른 것이 아니라 내가 내 책에 즐거움을 쏟아 붓느라 시간이 흐르는 것을 알아채지 못해서일지도 모른다. 평소 인터넷에서 다른 사람들이 사진과 짤막한 글을 올리는 것을 보고는 나도 한번 해봐야지 하면서도 잘 되지 않았다. 하지만 우리 '아삶북'이 포토에세이라는 장르의 책을 쓰게 되면서 내가 원하던 스타일, 내가 원하던 문체로 책을 꾸려 나갔다. 막상 다 쓰고 보니 다른 친구들이 적은 양보다는 적게 나왔다. 하지만 전혀 개의치 않아도 될 만큼 만족하고 있다. 가만히 있는 저를 작가로 만들어주신 주영애 선생님! 감사합니다.

— 이동욱

작가들이 쓰는 무수한 글들이 아주 쉽게 나오는 줄만 알았다. 하지만 글은 말처럼 쉽지 않았다. 시행착오와 어려운 일들이 많았다. 글이 써지지 않아 제출시기가 밀리고 또 다시 글을 쓰려고 해도 글이 써내려가 가지 않았다. 그렇게 나는 힘들게 글을 썼고 뭔가 아쉬운, 부족한 글을 썼다. 그래도 가슴은 무척 후련하다.

— 박세현

동아리 활동을 친구의 권유와 국어 선생님의 추천으로 인해서 시작하게 되었다. 처음에는 선뜻 글을 잘 쓰지 못할 것 같고 막연한 두려움으로 인해서 하고 싶은 마음이 많이 없었다. 하지만 조금씩 믿음직한 친구들과 후배들의 진심어린 태도와 선생님의 열정에 글쓰기 활동을 열심히 그리고 재미있게 하게 되었다.

동아리 활동의 글 형식은 포토에세이기 때문에 주제를 정하며 사진을 찍으면서 나름대로의 느낌과 감상을 적는 것이었다. 나는 신천을 주제로 삼아 사진을 찍으며 한 편의 나의 글을 써가고 있었다. 글을 다 쓴 후에 내가 사진작가가 된 것이 실감이 났다. 여태까지는 다른 작가들의 책을 읽는 수동적인 독자였지만 동아리 활동은 나에게 작가라는 새로운 경험을 안겨 주었다.

무엇보다, 친구들과 후배와 선생님간의 대화와 토의를 거쳐 원만하게 글을 완성해서 한 편의 작품을 출판할 수 있었던 것이 매우 만족스럽고 기쁘다. 나는 동아리 활동을 위해 열심히 노력한 모든 회원들과 선생님께 감사의 말씀을 드리고 싶고 글쓰기 활동을 통해 나의 꿈을 찾고 그 꿈을 향해 나아갈 수 있는 기회를 가졌다는 점에서 인생의 좋은 경험이 된 것 같다. 책 쓰기 동아리 활동이 잊지 못할 소중한 추억으로 남을 것이다.

— 배상윤

언제부터인가 이루고 싶은 꿈이 하나 있었다. 다른 어떤 일을 하더라도 책 한 권은 꼭 쓰고 말겠다고 마음속으로 가진 꿈이었다. 지난봄 어느 날, 나는 친구들에게서 책쓰기 동아리에 들어오라는 권유를 받았다. 처음 그 말을 들었을 때에 나는 내가 이루고 싶었던 꿈을 지금 여기서 이룰 수 있다는 기쁨에 몸둘 바를 몰랐다. 그리고 바로 동아리에 들어왔다. 이 기회를 통해서 내가 하고 싶었던 것을 마음껏 할 수 있었기에 정말로 좋은 경험이 되었다. 내가 평소에는 많이 갈 수 없었던 곳을 가서 사진도 찍고 그곳에 대한 추억과 느낌과 생각들로 책을 채울 수 있었기에 더욱 더 좋았었던 것 같다. 지금까지 해보지 못했던 것을 친구들과 함께 한다는 새로운 모험심 또한 불타오를 수 있었고 또 오랜만에 친구들과 같이 함께 같은 주제를 가지고 얘기할 수 있었고 만나서 서로의 생각을 알아 갈 수 있었기에 정말로 좋았다. 하지만 책을 쓰는 것이 쉬운 것만은 아니었다. 내가 뛰어 다니면서 발품을 팔아서 사진을 찍으러 다녀야 하고, 글을 쓰려면 내가 느꼈던 감정들을 끄집어내서 써야 했기 때문에 막히는 부분이 나오면 한참동안 그 곳에 대해서 생각해보기도 했다. 하지만 힘든 것보다는 재미있고 나에게 교훈이 되는 일들이 더 많고 내 자신에 대해서 한 번 더 돌아볼 수 있었다. 도 다시 이런 기회가 온다면 적극적으로 참여하여 정말 좋은 책을 쓰고 싶다.

― 김민규

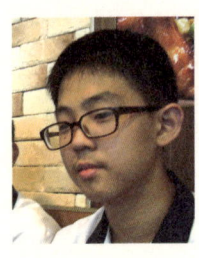

지금까지 한 번도 이사가본 적이 없고 근 15년간 대구에서 살아왔다. 대구에서 살았다고 해도, 우리 동네만 벗어나면 타향이었고, 대구의 역사에 대해서는 거의 무지였다. 그러나 이번 책쓰기를 통해 대구의 아름다운 옛 향기를 맡으며, 한편으로는 많은 공부가 될 것 같아 기뻤지만, 다른 친구와 달리 대구의 옛 문화에 대해서도 조사해야 하고, 대구 곳곳에 숨어 있는 옛 향기를 찾으려 사방팔방 뛰어다녀야 한다는 점에서 약간 긴장을 했었다. 물론 대구의 명소를 찾고, 그 곳에 가는 것은 고되고 힘든 일이었지만, 그만큼 보람도 컸다. 다행히도 아버지께서 갈만한 장소를 추천해 주시고, 바쁘신 휴일에도 불구하고 아들을 위해 차를 몰고 이곳저곳을 다녀주신 덕분에 일이 쉽게 끝나고, 대구의 아름다운 옛 향기도 제대로 느낄 수 있었던 것 같다. 결국, 내가 사는 고향, 대구에 대해 많은 공부가 되었고, 다시 한 번 아버지께 감사드린다.

― 서원기

처음으로 써보는 글이라 어떻게 써야지 느낌을 잘 살릴지 고민도 해보았습니다. 미약한 저의 표현을 이해해 주시길 바랍니다. 다시 훑어 보면 주제랑 빗나간 부분도 많이 있더군요. 분명 주제는 추억이었는데, 글을 다 쓰고 나보니 두류공원 탐방기가 된 것 같았어요. 이 부분에서도 쓴 제가 실망을 했습니다. 좀 더 나은 글을 보여드리지 못한 곳에서 말이죠. 아마 좀 더 낳은 글을 보여드리지 못한 이유는 아마 제가 판타지 소설만 읽어서가 아닐까 싶군요. 생소하게 느껴지던 수필을 직적 쓰려니 고생이 이만 저만 아니더군요. 그래도 꽤나 재미있었습니다. 잠시 잊었던 어린 시절 추억을 떠올리며 두류공원에 앉아 이런 사람 저런 사람을 멍하니 바라보면서 나도 좀 컸구나 하는 생각도 들었고 그동안 왜 그리 못 왔는지 후회도 했습니다. 하여간 이번 책 쓰기는 나에게 잊을 수 없는 추억임과 동시에 내 자신에 대해서도 한번 돌아볼 수 있었던 좋은 경험이었습니다. 동아리 회원들과의 얘기도 그렇고 옛 기억을 떠올리는 재미 또한 있었습니다. 사진 찍는 것도 재미있었습니다. 하지만 제가 처음 찍은 사진들이라 흔들리거나 잘 못 찍은 사진들이 많더군요.

주영애 선생님, 원기, 한국이, 세현이형, 상윤이형, 동욱이형, 민규형 모두 즐거웠어요.

_ 정재우

'가지 않은 길'에 대한 미련은 나이가 들면서 사라졌다. 어떤 일이라도 그냥 이루어지는 건 없다는 알았기 때문일까. 그 어떤 길을 선택했더라도 매 순간 최선을 다했을 것이라는 자만은 또 어디서 오는 건지. '남겨둔 그 길'은 지름길이 아니요. 잘 다려진 비단길도, 꽃길도 아님을 이제는 안다. 남은 길 역시 부지런히 걸어갈 뿐이다. 아이들에게 쿡쿡 발로 도장을 찍어가며 대구를 속속들이 느끼게 해주고 싶었다. 힘들어도 항상 미소 짓는 대견한 놈들이 기특하다.

며칠 잠을 줄이고 편집하면서 마감하는 이 날을 얼마나 기다렸던가. 어설프게나마 책이 완성되어 가는 지금, 편안하다. 이제 묵직한 짐 한 보따리를 내려놓는다.

_ 주영애

2009년 한 해 책쓰기 동아리로 하나가 된 우리.
모두 가끔 이렇게 말했다.

왜 책을 쓴다고 했지?
힘들고 귀찮다.
우리한테 이득이 뭐지?
하지만
지금 모두 이렇게 말한다.
아~ 개운하다
아 뿌듯해
잘했어

·

책쓰기라는 놀라운 경험을 한 우리

내일은 희망이다!
– 「아삶북클럽」 –